드림 & 드림

초판 1쇄 인쇄_ 2019년 02월 15일 | **초판 1쇄 발행_** 2019년 02월 20일
지은이_김서은, 정미진, 김예인, 전희서 | **펴낸이_**진성옥·오광수 | **펴내곳_**꿈과희망
디자인·편집_김창숙·윤영화 | **마케팅_**김진용
주소_서울시 용산구 백범로 90길 74, 103동 오피스텔 1005호(문배동 대우 이안)
전화_02)2681-2832 | **팩스_**02)943-0935 | **출판등록_**제2016-000036호
E-mail_ jinsungok@empal.com
ISBN_979-11-6186-048-0 43810
※ 책 값은 뒤표지에 있습니다.
※ 새론북스는 도서출판 꿈과희망의 계열사입니다.

김서은 정미진 김예인 전희서 지음

꿈과희망

| 차례 |

빛나리 / 김예인

한국에서 남성으로 살아남기 / 전희서

봄날의 진창

이 책은 제가 디자인 입시를 하면서 느낀 감정들을 두 주인공에 투영해 글로 정리했다고 보시면 될 것 같아요. 사실 B는 Bright, 밝은 면, D는 Dark, 어두운 면을 뜻하는 거랍니다…. 결국은 두 감정 모두 소중하고 함께 해야 좋은 결과가 만들어지겠죠! 시련만 있다면 무너지고 기쁨만 있으면 풀어지는 것이 사람이니까요.

아무튼 저는 책 한 권을 만들었다는 것이 정말 자랑스러워요. 책 또한 그림처럼 하나의 창작물이니까요. 60여 쪽을 위해서 밤도 새고 정말 고생이 많았네요…. 매일 읽기만 하던 책을 직접 만들고 보니 새롭고 생각보다 힘든 일이라는 걸 뼈저리게 느끼게 됐어요. 무사히 끝마쳐서 정말 다행이에요!

고등학교 삼학년이 끝날 때까지 저는 수많은 그림을 그려야겠죠. 분명 힘든 일도 많고 그만두고 싶은 날도 많을 거예요. 뭐가 됐던 포기만 하지 않았으면 좋겠어요. 결국 언젠가 봄은 올 것이니까요. 미래 이 책을 보며 '나는 십대의 나에게 부끄럽지 않은 인생을 살았구나'라고 생각할 수 있었으면 좋겠네요.

B의 캔버스

길게 뻗은 손끝이 턱 선을 따라 천천히 내려왔다. 작업하느라 신경을 못 쓴 탓에 턱 주변이 꺼슬꺼슬하다. B는 쉐이빙폼을 위 아래로 흔들기 시작했다. 수염도 제 때 못 깎을 정도로 바쁜 그였지만 그리 힘들지는 않았다. 오히려 하고 싶은 일만 하며 바쁠 수 있다는 게 행운처럼 느껴졌다. 전날 밤 작업하며 들었던 노래를 흥얼거리며 면도날을 천천히 움직였다. 오래 전 옛 연인에 대한 그리움을 이제야 고백한다는 가사였다. 가사가 마음에 들었다. B 또한 평생 잊지 못할 사람이 있다. 가슴 한켠이 아려왔다.

긴장한 탓인지 기뻐서인지. 며칠 전 유명한 텔레비전 프로그램에서 인터뷰를 요청했다. B가 바라던 순간이었다. 그 애에게 '나는 잘 살고 있다'고 말할 수 있는 위치에 서는 것.

화장실에서 나온 B는 옷장을 살펴봤다. 무엇을 입어야 할지 일주일 전부터 고민했지만 아직도 정하지 못했다. 한참을 더 옷장 앞에 서서 고민하던 그는 결국 진한 남색 정장을 입기로 결정했다. 그가 첫 직장을 다닐 때 입었던 옷이다. 거울에 비친 단정한 제 모습이 생소한지 B가 멋쩍은 웃음을 지었다. 작업에 몰두하느라 시간이 없어서 그렇지, 막상 씻기고 입혀 놓으면 B는 나름 괜찮은 편이다. B가 인기 있는 것도 아주 드물게 SNS에 올라오는 그의 사진 때문이기도 하다. B는 준비를 마치고 크게 숨을 들이쉬며 지갑과 핸드폰을 챙겨 들었다. 1시 12분이다. 여유가 있다.

B는 유명한 일러스트 작가다.

꾸준히 SNS에 올린 일러스트가 좋은 평가를 받으며 급부상한 젊은 작가. 최근에는 그 그림으로 만든 상품이 불티나게 팔려 B는 지금 인생에서 가장 빛나는 시절을 보내고 있다. 오늘 촬영은 성공한 젊은이의 짧지만 알찬 인생을 인터뷰하는 것이다. 그는 다른 건 다 제쳐두고 방송에서 영감의 근원지에 대해 이야기하고 싶었다. 보고 싶은 나의 청춘, 뮤즈, D에 대해서.

B는 아직 차가 없다. 그도 그럴 것이 차를 살 돈이 있어도 시간이 없었기 때문이다. 또한 재택근무라 자가용의 필요성을 못 느낀 것도 한 몫 한다. 심지어 그는 면허조차 없다. 도대체 며칠 만의 외출, 햇빛이란 말인가! 앞으로 바빠지면 싫어도 외출할 일이 많아질 것이다. 그는 잠깐 동안 우뚝 서서 햇살을 만끽하더니 곧 머쓱해 하며 다시 가던 길을 가기 시작했다. 택시를 잡은 B는 곧장 방송국을 향해 달려갔다.

처음 온 방송국 내부가 B는 신기하기만 했다. 그는 방송국에 처음 와 본 걸 온몸으로 증명하듯 두리번거리며 안내데스크로 향했다.

"실례합니다. '오늘의 날씨는 젊음' 촬영장이 어딘가요?"

"좌측에 있는 엘리베이터로 3층에 가시면 바로 보이실 거예요."

"감사합니다."

"어…! 그럼 혹시 B작가님?"

"아. 네…."

"와, 저 정말 팬이에요!"

안내데스크 직원은 B를 신기한 듯 바라보기 시작했다. 여기 앉아 있으면 매일 보는 게 연예인 아닌가…? 따위의 생각을 하며 B는 어색하게 웃었다. B는 새삼 인기를 실감하며 쑥쓰러워 어쩔 줄 몰랐다.

"혹시 여기 사인해 주실 수 있으세요?"

직원이 내민 것은 B의 가장 최근 작이 그려진 폰케이스였다. 판매된 지 3일밖에 안 된 물건이다. 정말 왕 팬인가 보다. B는 직원이 들고 있던 네임펜을 받아 케이스 위에 사인을 했다. 직원의 표정이 행복해 보였다.

"아, 저 그럼 이만…. 제 그림 좋아해 주셔서 감사합니다."

"네. 시간 뺏어서 죄송해요. 사인 감사합니다!"

2시 24분.

마음이 급해진 B는 종종걸음으로 엘리베이터로 향했다. 3층에 도착하자 직원의 말대로 금방 촬영장을 찾을 수 있었다. B는 떨리는 마음으로 조심스럽게 문을 열었다.

“저…. 혹시….”

“작가님! 딱 맞춰서 오셨네요!”

인터뷰에 대해 사전 설명을 들을 때 봤던 대본 작가였다. 아는 얼굴이 보이자 마음이 편해진 B는 침착하게 마음을 가다듬었다.

“여기는 오늘 인터뷰 진행자님이세요. 생방송이니까 떨지 말고 자연스럽게 부탁드려요. 진행자님도 작가님이 힘들어하시면 분위기 유연하게 잘 환기해 주시고.”

주의사항을 전해 들은 B와 진행자는 세트장으로 올라갔다. 텔레비전에서 항상 보던 익숙한 세트장이었다. 드디어 인기 프로그램에 출현한다는 것이 실감 나기 시작했다. B는 다시 심호흡을 하며 가슴을 쓸어내렸다.

‘잘해야 해, 잘해야 해…. 떨지 말고. 걔가 실망하지 않게.’

그래. 곧 지상파에 B의 얼굴이 나간다. 그의 속내, 사연, 이야기까지 몽땅. 이날을 얼마나 기다려 왔던가. 긴장해서 이 기회를 몽땅 날려버릴 수는 없었다. 인트로 화면이 방송으로 나가고 감독이 스타트 신호를 보냈다. 재미있지는 않더라도 지루하지 않게. 그 누구도 실망하지 않게. 그는 속으로 중얼거리며 억지로 자신감을 붙였다.

“방금 보신 작품들, 익숙한 분들도 많을 텐데요? 인터넷이며 거리에서 자주 보이는 이 그림들! 과연 누구의 그림일까요? 떠오르는 신예 작가, B작가님을 모셔 봤습니다!”

B는 카메라를 보며 최대한 자연스럽게 웃었다. 이어지는 질문들은 별것 없었다. 그림을 시작한 계기, 기억에 남는 일화, 뭐 그런 시시

콜콜한 것들. 무료하게 대답하다 보니 어느새 긴장이 풀렸다.

"B라는 가명을 사용하고 계신데요, 무슨 의미를 가지고 있나요?"

"제 본명 맨 앞의 비읍에서 따온 거예요. 그러니까…. 이니셜인 거죠. 예전에 소중한 사람이랑 나중에 작가로 데뷔하면 이 이름을 쓰기로 약속했어요."

"소중한 사람이요?"

"네. 제가 이 자리에 있을 수 있도록 계기를 마련해 준 사람이요."

"아, 혹시 여자친구?"진행자가 장난스럽게 말하자 B가 웃었다.

"작가님은 그림에 대한 영감을 주로 어디서 받나요?"

드디어 B가 기다렸던 질문이 나왔다. 처음 인터뷰를 시작했을 때처럼 미친 듯이 긴장되기 시작했다. B는 작게 심호흡을 한 번 하고 입을 움직이기 시작했다.

"제 모든 그림의 영감은 한 시점의 기억에서 와요."

"기억이요?"

"네. 제 인생에서 가장 행복했던 시절, 고등학생인 저와 같은 반 소년에게서 와요. 당시의 기억이 아직까지 제 모든 작품에 다양한 형태로 스며들어요."

"하지만 작가님은 여성을 그릴 때도 있지 않나요?"

"여성을 그릴 때도, 물건을 그릴 때도, 동물을 그릴 때도, 그 소년과의 추억을 사용해요. 어떤 그림이라도, 무조건."

D의 캔버스

화가는 죽어야 이름을 남긴다. 예술에 대한 무관심을 적당히 둘러댄 이 공식은, 그림을 그리는 손들의 미래를 분질러 버렸다. 그가 죽기 전이나 후나 그 그림은 명작이었다. 그러나 죽음으로 물든 그림만이 팔린다. 대중의 욕심이자 이기였다. 평생을 가난하게 살았지만 그림에 대한 열정만은 가난하지 않아 많은 명작들을 그려내고 생활고에 시달리다가 죽은 화가. 대중은 이야기가 있는 그림을 사랑한다. 하지만 그들의 입맛에 맞추려면 그 이야기는 작가의 손이 아닌 삶에서 나와야 한다. 비참한 이야기들은 훌륭한 조미료가 되어 잘 색칠된 그림과 버무려진다. 그렇게 해서 만들어진 최고의 요리는 결국 사람들의 입에 오르내리며 조금씩 먹혀 없어진다.

D는 이것이 그저 우연이며 구식이라 저와는 상관없는 이야기일 줄 알았다. 17살이었던 그의 기대 속 미래와 달리 애석하게도 그의

현재는 채도가 낮다. D의 꿈은 화가였다. 그림만 팔아서 먹고 살 수 있다고 생각한 것이 실수였을까. 그의 그림은 적당한 값에 아주 가끔 팔렸다. 스케치부터 채색까지 하나하나 공을 들인 그림들이 그저 그런 평가를 받으며 그저 그런 곳으로 팔려 나갔다.

인터넷에, 거리에, 수많은 그림들이 전시장을 채운다. 그 수많은 그림들은 하나같이 수려했지만 주인의 이름이 위인전에 실리는 일은 없을 것이다. 그것이 현대다. 역사가 되는 것은 그림뿐이다. 그린 이는 그저 도구로서 사용되고 사라질 뿐이다. 너무 비관적이라고 생각할 사람이 많을 것이다. 하지만 슬프게도 이는 어느 정도 사실이다. 당신이 외형만 보고 구입한 수많은 가방, 필통, 옷의 디자이너의 이름을 모르기에 반박하지 못할 것이다. D의 삶도 그랬다. 고등학교만 졸업하면 어떻게든 되겠지, 대학교만 졸업하면 어떻게든 되겠지 하며 정신없이 달리다 보니 이곳이었다. 이 텅 빈 곳에서 혼자 덩그러니 그림을 그리고 있다.

오늘은 유난히 붓이 손에 잡히지 않았다. D는 작은 일인용 소파 위로 쓰러지듯 앉았다. 머리가 깨질 것 같았다. 지끈거리는 머리를 부여잡고 탁자 옆에 있는 리모콘을 들었다. 마음 놓고 텔레비전을 보는 게 도대체 며칠 만인지 모르겠다. 고요하던 집 안이 소리로 가득 찼다. 사람들이 웃는 소리를 듣고 있으면 D는 기분이 나빠진다. 뭐가 그렇게 즐거워서 저렇게 큰 소리로 웃을 수 있는 걸까? D는 아무 생각 없이 채널을 계속해서 바꿨다. 그러다 문득 화면에 떠오른 '천재 일러스트 작가'라는 문구를 보고는 바삐 움직이던 손가락을 멈추었다. 무슨 인터뷰 같은 걸까? D는 화면에 하나하나 나열되는 아름다운 그림들을 감상하기 시작했다. 제 그림 그리기에 바빠서 남의 그림 볼 시간 따위는 없었던 D는 저 그림이 누구의 그림인지 알 수가 없었다.

"예쁘네…."

색감. 다정한 색감이 눈에 들어왔다. 왜 성공했는지 알 것 같기도 하고. D는 리모콘을 내려놓고 지나가는 그림들을 유심히 보기 시작했다. 분명 처음 보는 그림인데 어딘가 익숙하게 느껴졌다. 유명한 작가라고 하니 은연중에 보고 기억하고 있는 걸까? D는 네모난 화면에 들어갈 듯 집중하기 시작했다.

"방금 보신 그림들, 익숙한 분들도 많을 텐데요? 인터넷이며 거리에서 자주 보이는 이 그림들! 과연 누구의 그림일까요? 떠오르는 신예 작가, B작가님을 모셔 봤습니다!"

저 얼굴. 분명히 아는 얼굴이었다. D가 그토록 잊고 싶었던 아니 그리워했던 얼굴. 심장이 빠르게 요동치기 시작했다. 아까부터 기분 나쁘게 욱신거리던 머릿속이 무언가에 찔린 듯 아팠다. 기억들에 찔리고 있다. 호흡이 가빠졌다. 인터뷰가 진행됐다. 내용은 귀에 들어오지 않았다. 목소리와 얼굴만이 눈에 들어왔다. 몇 분이 지났을까, 정신이 든 D는 흐르는 목소리에 집중할 수밖에 없었다.

"작가님은 그림에 대한 영감은 주로 어디서 받나요?"

"제 모든 그림의 영감은 한 시점의 기억에서 와요."

"기억이요?"

설마.

"네. 제 인생에서 가장 행복했던 시절, 고등학교 시절 저와 같은 반이었던 한 소년에게서 와요. 당시의 기억이 아직까지 제 모든 작품에 다양한 형태로 스며들어요."

설마….

"하지만 작가님은 여성을 그릴 때도 있지 않나요?"

"여성을 그릴 때도, 물건을 그릴 때도, 동물을 그릴 때도, 그 소년과의 추억을 사용해요. 어떤 그림이라도, 무조건."

B의 스케치

B는 중학교 때부터 미술학원에 다녔다. 워낙 지겨운 건 못 참는 성격이라 학원을 자주 바꿨지만 그림만은 지겹지도 않은지 그만둘 생각조차 없어 보였다. B가 그림을 그리는 이유는 그림을 더 잘 그리고 싶어서였다. 타인에게 인정받기 위해서도, 대학을 잘 가기 위해서도, 취직을 잘 하기 위해서도 아니었다. B는 그림을 사랑했다. 도화지의 매끄러움과 연필의 자유로움, 물감의 다채로움을 사랑했다. 그래서인지 B는 유독 두려움이 없었다. 그림에서도 그랬지만 인간관계에서도 그랬다. 망설임 없이 다가가고 잘 안 맞으면 망설임 없이 내쳤다. 그만큼 자긍심도 높아서 무시당하거나 시비에 휘말리면 바로 싸우려고 달려들기도 했다. 그런데도 B를 싫어하는 사람은 없었다. 그의 표정이나 몸짓에 묻어나는 자신감과 사랑스러움이 사람을 이끌었다. 모두가 B를 사랑했다.

그래서 B는 D를 잊을 수가 없었다. 그도 그럴 것이, 학기 초부터 D는 B를 좋아하지 않았다. 이유를 알 수 없었지만 그가 저를 싫어한다는 것을 B는 알 수 있었다. 둘은 고등학교 1학년 때 같은 반이었다. D는 흥미로웠다. 평소에는 제게 관심도 없어 보이는데, B가 그림만 그리면 뒤에서 몰래몰래 바라본다. B는 D에게 자신이 어떤 영향을 미치는지 궁금했다.

B는 학기 초부터 D를 주시했다. 매일 혼자 앉아서, 이동 수업할 때나 겨우겨우 일어나는 애. 주변에서 아무리 대단한 일이 일어나도 눈길조차 주지 않는 애. 가끔 검정색 표지의 줄 없는 노트를 꺼내서 무언가 그리는 애. 그러다가 그걸 보면서 가끔 혼자 웃는 애. D에 대한 B의 감상이다. 수많은 곁눈질 끝에 얻은 결론은 'D와 친해지고 싶다.'이다. B는 막연히 그렇게 생각했다. 이유는 모른다. 어쩌면 너무 다양해서 추리지 못하는 것일지도 모른다. D의 더 많은 면을 알고 싶었다. D는 재미있었다. 신기했고. 세상만사에 관심 없으면서 손과 그 손에서 나오는 선들에만 미친 듯이 집착하는 모습이 그랬다. B가 그림 그리는 것을 사랑한다면, D는 그림을 그리지 못하면 죽을 것 같은 사람처럼 굴었다. 마치 그게 제 생명줄이라는 듯.

일부러 엎드려 자고 있는 D옆에 앉았다. 동그란 두상이 눈에 들어왔다. 좋은 모델이었다. 조각은 소묘를 하듯이 세심하게, 그리고 꼼꼼히 묘사했다. D는 고개를 옆으로 돌리고 자고 있었다. 팔을 괸 쪽 볼이 최선을 다해서 눌리고 있었다. 기척을 느꼈는지 천천히 깨어난 D는 그 모습을 보고 소스라치게 놀랐다.

"뭐해?"

놀란 D의 표정과는 다르게 B의 표정은 자신과 관계없는 일인 것 마냥 평온했다.

"너 그리고 있어."

"왜…?"

"음… 자는 게 예뻐서?"

"뭐,"

"장난이야."

B가 D를 향해 푸스스 웃었다. 그는 얼빠진 표정의 D 앞으로 완성된 그림을 들이밀었다. D는 잠깐 동안 B의 손을 유심히 보더니 이내 그 손에 들린 종이를 받아들었다. D는 그림을 보며 혼잣말을 했다.

"뭐라고?"

"아니야."

다 봤다는 듯 D가 B에게 그림을 내밀었다. 다시 그림을 받아든 B는 D를 유심히 바라보더니 이내 히죽히죽 웃으며 D의 손에 다시 제 그림을 쥐어 주었다.

"너 줄게."

"필요 없는데?"

"필요할 걸."

D가 입술을 살짝 깨물었다. 눈썹도 약간 올라갔다. 무언가 불만 있어 보이는 저 표정. B는 저 표정이 흥미롭기만 하다.

사실 그림을 선물한 건 D가 아니라 B에게 필요한 일이었다. 그림 그리는 사람이 해줄 수 있는 가장 좋은 선물. 애정이 담긴 그림 한

점. B는 D와 친구가 되고 싶었다. B는 마치 친하게 지내고 싶은 사람에게 수줍게 마음을 표현하는 어린아이 같았다. 그림은 아이의 손에 들린 들꽃 한 송이었다.

그 일이 있고나서 여러 날이 지났다.

다음 시간은 미술이다. B는 학교에서 배우는 미술수업이 재미있었다. 물론 B의 수준에 비해 너무 쉽기는 했지만 무슨 그림이라도 그릴 수만 있다면 행복했다. 더군다나 못 그리는 다른 애들 그림을 보고 있는 것도 웃기고. 예전에 슬쩍 본 결과 D는 예상대로 그림을 꽤 잘 그렸다. 투박하긴 하지만 강렬한 선. 조금 다듬으면 분명 더 좋은 선이 될 게 분명했다. D는 미술학원을 다니지 않는 것 같았다. 왜지? 입시를 할 생각이 없는 걸까? 저렇게 목숨 걸고 그릴 정도로 그림을 좋아한다면 미대입시를 준비하는 것도 좋을 텐데. B는 이런저런 생각을 하며 묵묵히 그림을 그리는 D를 바라보았다. 집중하는지 눈길 한 번 주지 않았다.

"자, 지금까지 인물 소묘의 기초에 대해서 배웠던 거 다들 기억나지? 이번 시간에는 실제로 사람을 보고 따라 그리는 시간을 가져볼 거야."

오. 재밌는 거 한다. B는 자연물을 실제로 보고 그리는 것을 좋아했다. 나무, 물, 동물, 사람…. 같은 종이라도 단 하나도 같은 모양을 한 것이 없는 아름다운 개체들. 그림에서 느껴지는 생동감. 다채로움.

"오늘 날짜가…. 12번 나와서 모델 서 봐라."

마침 12번인 B는 D가 모델이 되면 볼 만하겠다는 생각을 하던 참이라 실실 웃고 있었다. 그는 갑작스러운 호명에 엉거주춤한 자세로 자리에서 일어났다. 벙찐 표정에 아이들이 웃는 소리가 들렸다. B는 뒷목을 긁적이며 순순히 교실 중앙에 있는 의자 위에 앉았다. 기왕이면 D가 보이는 쪽으로. B는 그림 그리는 D의 모습을 보는 것을 좋아했다. 자신이 집중하면 입술이 삐진 것마냥 튀어나오는 것을 D는 평생 모를 것이다. 눈이 마주치자 D가 황급히 시선을 피했다.

몇 분간 아이들은 그림 그리는 데에 열중했다. D 또한 그랬다. B는 진지한 표정으로 D의 얼굴을 살폈다. 모델이 저라서 그런 건지, 원래 그런 건지 D는 대상보다 그림을 보는 시간이 더 길었다. 저러니까 안 늘어서 스트레스 받지.

"관찰해."

B가 D를 향해 작게 말했다. D가 깜짝 놀라며 B를 바라봤다.

"뭐?"

"나를 좀 보라고."

"뭐라는 거야…."

진심어린 조언이었는데 D는 헛소리라고 생각한 모양이다. 본인이 안 들으면 나도 할 말 없다 뭐. B가 속으로 툴툴거리며 D를 바라봤다. 아까보다는 자주 눈이 마주치는 것 같기도 하고….

D의 스케치

D의 아버지는 그가 그림을 그리는 것을 좋아하지 않았다. 화가는 명예롭고 부유한 인생을 살 수 없다고 생각했기 때문이다. D가 그림을 그리고 있을 때마다 한숨을 쉬거나 걱정스러운 넋두리를 읊었다. 그럴 때마다 D는 무시 당하는 것 같아 기분이 나빴다. D는 포기하지 않고 그림을 그렸다. 가르쳐 주는 이 하나 없이 인터넷이나 책을 찾아보며 혼자서 정말 열심히 그렸다.

요일도 날짜도 기억나지 않는 초여름의 어느 날이었다.

B와 처음 대화를 나눈 것은.

B는 완벽하게 D가 원하는 인생을 살고 있었다. 언제나 행복해 보이고, 주변에는 사람이 많고, 무엇보다 그림을 잘 그렸다.

그날 D는 꾸벅꾸벅 졸다가 결국 엎드려 선잠을 자고 말았다. 몇 분이 지났을까, 인기척을 느낀 D는 잠에서 깨어났다. 비몽사몽 D의 눈앞에 B가 보였다. 그는 D와 종이를 번갈아 보며 손을 바삐 움직였다. 뭔가를 끄적이고 있었다. D가 깨어났는데도 눈 하나 깜짝 안 하고.

"뭐해?"

"너 그리고 있어."

"왜…?"

"음… 자는 게 예뻐서?"

"뭐,"

"장난이야."

B가 짓궂게 웃었다. D는 잠깐 동안 그 얼굴을 쳐다봤다. 웃는 거 본 건 처음인데. 교실에는 매일 B가 시끄럽게 웃는 소리가 들렸지만 D는 돌아보지 않았다. 그가 관심 있는 것은 그의 그림이지 그가 아니었으니까. 갑자기 B가 제 손에 들고 있던 종이를 내밀었다. 자고 있는 자신의 모습을 본 적이 없었지만 한눈에 저임을 알 수 있을 정도로 잘 그린 그림이었다.

"잘 그렸다…."

D는 자신도 모르게 중얼거렸다. 감탄이 나왔다. 종이에 그어진 까만 선들은 언제나 그의 안에 꽉 차 있는 자신감의 원천이라는 듯 위풍당당했다.

"뭐라고?"

"아니야."

부러운 놈. 한 사람한테 이렇게 재능이 몰려 있으니 세상이 구질구질해지는 거다. 사이좋게 나눠 가지면 조금 더 화목할 텐데. 평등하고 공평하고…. 그런 생각을 하며 D는 하얀 종이 위 또 다른 자신을 빤히 바라봤다. 자고 있는 머리통이 얄미웠다. 야, 일어나. 일어나서 뭐든 해. 제발.

"너 줄게."

종이가 슬그머니 D 앞으로 밀려왔다. D는 그 움직임을 미동도 없이 지켜봤다. 아, 이 알 수 없는 오묘한 기분. 어딘가에서 밀려오는 짜증. 이 느낌을 한 단어로 정의하자면…. 그래, 열등감. 열등감이었다. 그림 잘 그리는 내가 모자란 너에게 베풀어 준다고 말하는 듯한 여유 있는 표정. 이때만 해도 D는 상당히 꼬인 사람이었다.

"필요 없는데?"

"필요할 걸."

필요하다고? 왜? D는 저놈의 속내를 알 수 있다면 악마와도 거래 할 수 있을 것만 같았다. 왜 갑자기 나타나서는 멋대로 가장 무방비할 때의 모습을 관찰하고, 그리고 선물까지 하는 건데? 도대체 왜? D는 이해할 수 없었다. 수많은 수업이 흘러갈 동안 D는 그림만 뚫어져라 쳐다보며 여러 생각을 했다.

필요하다는 말은 무슨 의미인지.

놀리는 걸까?

아니면 도와주려는 걸까?

그날 밤, D는 B의 그림을 셀 수 없이 많이 따라 그렸다. 종이가 넘어가고 연필이 깎여도 더 나은 그림은, 심지어 비슷한 그림도 나오지 않았다. 연필이 한 겹 두 겹 벗겨질 때마다 저도 벗겨지는 기분이었다. 자존심이 깎여 내려갔다. 동급생의 그림을 똑같이 그리지 못해 참을 수 없는 자신이 경멸스러웠다.

그러다가 D는 실수로 B의 그림을 바닥에 떨어뜨렸다. 한숨을 쉬며 허리를 숙여 그림을 집어 들었다. 그림 뒷면에 무엇인가 쓰여 있는 것을 발견했다.

B의 이름과… 그의 번호. 그가 말한 필요할 거라는 건 그림이 아니라 번호이다. D는 그 말을 무슨 커다란 의미가 있는 것처럼 해석한 것이 부끄러워졌다. 은연중에 D의 속에 자리한 B에 대한 존경심 때문에 별것도 아닌 것을 하루 종일 붙잡고 있었던 것이다. D는 자신의 그림 위로 짜증스럽게 B의 그림을 내던졌다.

여러 날이 지났다. 다음 수업은 미술이다. D는 학교에서 배우는 미술 수업에 만족할 수 없었다. 기초적인 걸 배우고 나면 또 기초적인 거. 반복 반복. 쉽고 지루한 일들의 연속이었다. 최근에는 인물 크로키를 배우고 있다. 이 반에서 그나마 그림 같은 그림을 그리는 사람은 B와 D 뿐이었다. 남고생들만 모인 칙칙한 학교다 보니, 어찌 보면 당연한 일일지도 모른다.

"자, 지금까지 인물 소묘의 기초에 대해서 배웠던 거 다들 기억나지? 이번 시간에는 실제로 사람을 보고 따라 그리는 시간을 가져볼 거야."

D는 자연물을 그리는 것을 힘들어했다. 딱딱 정해진 인공물에 비해 자연물은 예측이 불가능했다. 자연물의 활력을 그림 속에 집어넣는 법을 이해하지 못한 탓도 있었다. 도대체 어떻게 하는 건지, 누가 가르쳐 주든지 해야 알지.

"오늘 날짜가…. 12번 나와서 모델 서 봐라."

아이들이 즐거워했다. D는 오늘이 4일이 아닌 것에 감사하며 연필을 들었다. 12번이 누구였지.

교실 중간에 있는 의자에 앉은 건 B였다. 일부러인지, B는 D가 정면으로 보이도록 앉았다. 눈이 마주치자 싱긋 웃는 B에게 D는 대놓고 인상을 찌푸리며 손을 움직였다.

몇 분간 아이들은 그림 그리는 데에 열중해 있었다. D 또한 그랬다. 아니, 그러고 싶었다! 저놈 B 때문에 도무지 집중할 수가 없었다. 저기 앉아 있기 시작한 순간부터 지금까지 뚫어져라 D만 쳐다보는데, 그는 정말 딱 죽고 싶었다. 심지어 그 표정이 꽤 진지해서 더 기분 나빴다. 머릿속이 읽히는 기분. 발가벗겨진 기분.

"관찰해."

B가 D를 향해 작게 말했다. 갑작스럽게 말을 걸어오는 B 때문에 D는 깜짝 놀라 그를 바라봤다.

"뭐?"

"나를 좀 보라고."

"뭐라는 거야…."

또 헛소리. B가 하는 말이 헛소리일 가능성이 높다는 것을 뼈저리게 느낀 D는 그 말을 한 귀로 듣고 한 귀로 흘리기로 했다. 아니, 그러려고 했다. 하지만 B의 저 불만 가득한 표정이 마음에 걸렸다. 장난치는 것 치고는 진지한 얼굴이었다. 또 D의 착각일까? 관찰을 하라는 건, 말 그대로 자주 보라는 걸까. 학원에 다녀 본 적도 없는 D다. D가 그림 그릴 때 나타나는 오류가 무엇인지 집어 줄 사람은 아무도 없었다. 덕분에 D는 가장 기초적인 것을 모르고 있었던 것이다. D는 곰곰이 생각했다. 그림에 대해서는 꿰뚫고 있는 B니까, 아무 의미 없이 그런 말을 했을 것 같지는 않았다.

집에 온 D는 오늘도 어김없이 도화지를 꺼내 그림을 그리기 시작했다.

대상을 최대한 관찰하기로 결심하면서.

의식하여 그림을 그리다보니그 동안 그림을 그릴 때 얼마나 시선을 움직이지 않았는지 알 수 있었다. 그림을 그리는 데에만 너무 집중한 나머지 무엇을 그리는지는 신경쓰지 않았던 것이다. 평소보다 만족스럽게 그려진 그림을 들고 D는 굳은 결심을 했다.

봄날

"뭐…?"

B는 앞에 서 있는 D의 입에서 나온 말을 믿을 수가 없었다.

"나 그림 좀 가르쳐 달라고."

D가 먼저 말을 거는 것도 말이 안 되지만 그 용건이 더 말이 안 된다. B가 알고 있는 D는 어떤 이유에서도 절대 도움을 구하지 않는 사람이었다. B가 멋쩍게 웃으며 제 볼을 긁었다.

"갑자기 왜?"

"싫으면 말아."

"아니, 싫은 게 아니라 이유가 궁금하다는 거지."

D가 B의 얼굴을 바라봤다. 진짜 밉상. 왜인지 모르겠지만 D는 B를 바라보고 있기만 해도 짜증이 났다. 그런 D가 왜 B에게 그림을 가르쳐 달랍시고 조르고 있는 걸까.

"어제 미술 시간에 말이야. 네가 관찰하라고 했잖아. 나 사실 한 번도 미술학원에 안 가 봤어. 그래서 그런 기본적인 것도 잘 몰라."

"미술학원에 왜 안 가는데?"

"안 가는 게 아니라 못 가는 거야. 부모님이 싫어 하셔서."

아. 역시 입시 준비를 하지 않는 것은 D의 자의가 아니었다. 그림에 그렇게 집착하는데 진로를 그쪽으로 생각하지 않을 리가.

"그래서 나보고 도와달라고."

"응. 너는 내가 아는 사람 중에 제일 잘 그리잖아. 어제 조언해 줄 수 있었던 건, 네가 눈썰미가 좋아서고."

"그건 그냥 기초적인…."

"그래. 그런 기초적인 것만 가르쳐 줘도 좋으니까 제발. 부탁할게."

정말 그림을 좋아하는구나. D의 표정에는 타인에게 굽혀 가며 부탁한다는 것에 대한 수치심이나 굴욕 따위는 보이지 않았다. 간절함. 그 간절한 얼굴을 보며 B가 웃었다.

"당연하지. 대신… 음, 나 소원 하나 들어줘."

"소원이 뭔데?"

"나중에 말해 줄게."

뭐야…. 좀 찜찜하긴 했지만 어쨌든 목표는 달성했다는 것에 D는 감사했다. 사실 별로 친하지도 않은 사람에게 이런 부탁을 하는 것은 힘들다. 퇴짜 맞을 각오를 하고 부탁한 건데 이렇게 쉽게 성공할 줄이야! D는 속으로 쾌재를 불렀다.

"어떡할래, 지금부터 시작할까?"

"어? 벌써?"

어째 부탁한 D보다도 B가 더 의욕이 넘치는 것 같았다. B의 손에 이끌린 D는 입학하고 단 한 번도 가본 적 없는 학교 뒤뜰로 끌려갔다.

"여기 화단 예쁘지."

"어 응…."

"이제 이걸 그려봐."

B는 생각보다 더 즉흥적이었다. 바로 맨땅에 앉아 연필을 들기 시작한 B 옆에서 D는 멀뚱히 서 있기만 했다.

"뭐해? 앉아."

"어… 그래…."

주춤거리며 B의 옆에 앉은 D가 B에게 종이와 연필을 받았다. 그냥 그리면 되는 건가…? D는 잠깐 고민하는 듯하더니 곧 열중해서 그림을 그리기 시작했다.

"근데 너는 그림 그리는 걸 왜 좋아해?"

"… 너는 왜 좋아하는데?"

"재밌고 잘 하니까. 또, 그림을 그린다는 건… 창작이잖아. 내가 이 세상에 단 한 번도 존재하지 않았던 무언가를 새로 만드는 거니까. 그때 느껴지는 존재감이 좋아."

자신이 먼저 물었다는 걸 그새 까먹은 건지 D의 되물음에 B는 흥분해서 열심히 말했다. D는 그 모습이 마냥 놀라웠다. B는 대단한 자신감 덩어리였다. D는 남 앞에서 저렇게 자기 자랑을 하는 것을 상상조차 할 수 없었다. 둘의 성향은 정반대였지만 신기하게도 D가 그림을 그리는 이유는 B의 이유와 비슷했다.

"와, 잠깐만. 너 맨날 인공물만 주구장창 그리고 앉아 있지."

"어떻게 알았어…?"

"화단 뒤에 있는 돌담은 잘 그려놓고 꽃은 이게 뭐야."

B는 직설적인 편이었다. 특히 그림에 관해서라면 더. 누군가에게 피드백을 받은 적이 얼마 없는 D는 B의 혹평에 조금 움츠러들었다.

"인공물 그리는 게 더 편해서…."

"아무리 그래도 그렇지! 이 지경이 되도록 꽃 한 번 안 그렸어?"

이런. 뒤늦게 D의 표정을 읽은 B가 입을 막았다. 너무 흥분했다. 그렇게 심각하게 못 그린 것까지는 아니었는데. 학원에서 친한 친구들과 틱틱 거리며 자연스럽게 악평을 해주는 게 습관이 된 탓이었다. 미안해진 B는 잔뜩 머쓱해 하며 풀죽은 D를 바라보았다.

"그… 저기로 좀 가까이 가자."

벌떡 일어난 B가 D를 일으켜 세워 화단 바로 앞으로 데려갔다. 꽃 바로 앞에 D를 앉히고 다시 종이와 연필을 쥐어 주었다. B는 D가 자신감을 잃었을까 조마조마 했지만 다행이도 그는 다시 선을 긋기 시작했다. D의 선은 투박했다. 덕분에 그림이 멋있어 보일 때도 있지만 자칫 잘못하면 지저분해 보일 수 있다. 선을 깔끔하고 매끄럽게 쓸 줄만 알면 금방 D가 어려워하는 자연물도 쉽게 묘사할 수 있을 것이다.

B가 D 옆에 붙어 D의 오른손을 가볍게 잡았다. 낌새도 못 차릴 정도로 집중한 건지 D는 B의 손길에 깜짝 놀라며 연필을 부러뜨렸다.

"선 긋는 걸 조금 가르쳐 주고 싶어서. 놀랐어?"

"아… 괜찮아."

B가 다른 연필을 D의 손에 쥐어 주었다. 그 위로 다시 제 손을 가져다 댔다. D의 선은 B의 손을 통해서 깔끔하고 자연스러워졌다. B

도 누구를 가르쳐 보는 건 처음인지라 이렇게 해주는 게 맞는 방법인가 싶었지만, 어떻게든 D에게 선에 올바른 강약을 주는 법을 알려 주고 싶었다.

D는 누군가와 이렇게 가까이 있던 적이 거의 없었다. 잔뜩 긴장해 있어서 손에 땀이라도 나는 건 아닐지 걱정되기 시작했다. 몸이 뻣뻣해졌지만 다행히 손은 B를 따라 잘 움직여 줬다.

"미안해. 내가 말을 좀 막 해."

귀 바로 옆에서 들려오는 목소리에 D가 깜짝 놀라 목소리를 떨며 대답했다.

"….아니야. 그런 거 해달라고 부탁한 건데."

"그렇게 생각해 준다면 고맙고."

D의 선 위로 B의 정갈하고 고운 선이 지나갔다. D는 밤을 새워 B의 그림을 따라 그렸던 그날 밤, B의 그림이 빼어나게 아름답다는 것을 인정했다. 이제 B를 라이벌보다는 선생님으로 생각하는 것이, 질투하기보다는 사랑하는 것이 제 인생에 도움이 된다는 것을 마음속에 깊이 새겼다. 이제 D는 B를 동경했다.

"넌 진짜 그림 잘 그려."

D가 그림을 바라보며 웃었다. 예쁜 그림을 봐서 행복하다는 듯이.

"너도 곧 이 정도는 그려."

B는 D의 태도에 깜짝 놀랐다. D의 첫인상이 이렇게까지 순하지 않았기 때문이다.

"어때? 좀 알겠어?"

"음… 알 것 같기도 하고…."

"방금 한 것처럼 한 번 그려 봐."

B가 천천히 손을 거두었다. D는 잠깐 망설이더니 곧 손을 움직였다. 느리지만 정확하고 깔끔하게. 잘 따라하는 D를 보며 B는 괜히 기분이 좋아졌다. 완성된 그림은 수려했다. 종이 위로 꽃이 만발했다. D는 선만 조금 신중하게 쓴 것으로 그림이 좋아진 것이 놀라웠다. B 또한 한 번 교정해 준 것 뿐인데 금방 흡수해 버린 D에 감탄했다.

"이거 봐. 너도 금방 잘 그리게 됐잖아."

"고마워. 진짜."

D가 화사하게 웃었다. 괜히 뿌듯해진 B도 그를 따라 웃었다. D는 즐겁게 웃으며 제 그림을 한참 바라보았다.

"신기하지 않아?"

"뭐가?"

"그냥 하얀 종이에 우리가 예쁜 선 몇 개만 그으면 그건 더이상 평범한 종이가 아닌 게 되잖아."

"그림이 되지."

"그래. 그냥 종이였던 걸 특별하게 만드는 게 좋아. 그게 내가 그림을 그리는 이유야. 궁금하다며."

"어?"

여느 때와 다름없이 버스를 탄 B는 반가운 얼굴과 마주했다. 오늘따라 왠지 학교에 조금 더 남아 있고 싶더라니, 교통카드를 찍고 있는 D를 마주한 것이다. D는 당황한 듯 그냥 서서 B를 바라보기만 했다. 마냥 신난 B는 서둘러 카드를 찍고 D를 끌어 버스의 2인 좌석에 나란히 앉았다.

"이 버스 타는구나! 왜 지금까지 몰랐지?"

"나 원래 하교 바로 안 하거든. 바로 타면 시끄럽고 복잡해서 머리 아파."

D도 B와 만난 것이 신기했다. D의 집 방향에 사는 사람을 찾기 힘들었다. 애초에 D는 가까운 학교를 눈앞에 두고 운 없게도 이 학교로 튕겨 온 것이기 때문이다.

"마침 잘 됐다. 이제 등하교도 같이 하면 되겠네!"

"내가 왜 너랑 등하교를 해?"

"그야 당연히 집 방향이 같으니까…. 그리고 그림 이야기도 더 할 수 있잖아."

의아해 하던 D는 그제서야 납득한 듯 고개를 끄덕였다. D는 그림 외에는 B에게 궁금한 것이 단 하나도 없었다. B도 딱히 저와 더 깊은 이야기를 하고 싶지 않을 것이라고 믿어 의심치 않았다.

"어디서 내리는데?"

"나 ○○역"

D가 내리는 곳은 B의 집보다 두 정거장 멀리 있었다. 내리는 곳을 말하려던 B는 잠깐 멈칫했다. D와 함께 갈 수 있는 두 정거장을 놓치고 싶지 않았다.

B는 거짓말을 했다.

"어! 나도 거긴데!"

정류장에서 내린 두 사람은 함께 밤길을 걸었다. B는 원래 같은 방향인 것마냥 D의 옆을 따라 걸었다. D의 집과 정류장 사이의 길은 어둡고 좁았다. 간간이 보이는 가로등만이 두 사람을 비추었다. 서먹한 분위기에 B는 괜히 D의 발을 쳐다보며 그와 발걸음을 맞추었다.

"너 도대체 집이 어디야?"

"나 저쪽 멀리."

두루뭉술하게 대답하는 B에 D도 더이상 캐묻지 않았다. 굳이 말해 주지 않은 걸 물어볼 정도로 궁금하지도 않았고. 설마 이 동네에 살지 않을 것이라고는 상상도 못했다.

"부모님은 왜 그림 그리는 거 안 좋아하셔?"

"…. 그 시간에 공부나 하라는 이야기지."

"대학교 때문에?"

D는 발 밑으로 보이는 돌을 툭 차며 고개를 끄덕였다. B의 부모님은 그가 그림 그리는 것에 별 신경을 쓰지 않으셨다. 학원 가고 싶다 하면 보내주고, 재료 살 돈이 필요하다 하면 주시고. 그래서인지 B는 D를 응원해 주지는 못할 망정 힐난하는 그의 부모가 이해되지 않았다.

"학원 다니면 좋을 텐데. 정말 열심히 할 자신 있는데."

D의 표정이 시무룩해졌다. B는 괜히 제 뒷머리를 긁적이며 D의 어깨를 토닥거렸다.

"부모님도 언젠가는 네 능력을 알아봐 주실 거야."

B의 어설픈 위로에 D는 웃었다. 어느새 집 앞에 도착한 D가 발걸음을 멈췄다.

"갈게. 내일 보자."

"응. 잘 가."

별것 없는 인사가 끝나고 D는 미련 없이 뒤로 돌았다. D의 집 앞에 달린 센서등이 환하게 켜졌다. 그 뒷모습을 보며 B는 어째서인지 아쉬움을 느꼈다. B는 D를 불러 세웠다.

"내일!"

B의 목소리에 D가 뒤를 보았다.

"여기서 기다릴게!"

멀리 있는 D의 대답은 들리지 않았지만, 웃고 있었으니까 긍정의 의미라고, B는 제멋대로 생각했다. 결국 아침잠 많은 B는 꼭두새벽에 일어나기로 결심했다. D를 위해서.

야간 자율학습이 있는 날에 D를 집에 바래다주고 나면 버스가 끊어졌다. B는 어쩔 수 없이 두 정거장을 걸어가야 했다. 어둡고 한적한 길을 핸드폰 지도만 보고 따라갔지만 굳이 이렇게까지 할 필요가 없다는 사실을 부정했다. 먼 길을 돌아가더라도 D와 함께하는 고작 몇 분이 너무나 소중했다. 왜 그런지는 B도 몰랐다. 그냥, 느낌이 좋았다.

두 사람이 함께 그림을 그리기 시작한 것이 벌써 몇 달째

D는 B의 그림을 좋아했다. B에게 가르침을 받으면서 그림체가 닮아가는 것도 좋았다. 다만 마음에 걸리는 것은 원래 B와 시간을 보내던 친구들이 D를 좋아하지 않는다는 것이다. D가 저들의 친구를 뺏어간 것처럼 되어 버렸으니 그럴 만도 하다. 하굣길이 같은 것을 어쩌다가 알게 되어서 버스까지 같이 타게 된 두 사람이다. 그저 그림만 배우려던 B와의 관계가 생각보다 깊어지자 마냥 좋기만 한 것은 아니었다.

B의 친구라고 하면…. 반에서 B를 제외한 거의 모두였으니, D는 반 전체의 따가운 관심을 받게 되어 버린 것이다.

B는 D를 좋아했다. 이제껏 많은 친구들을 사귀고 그림 그리는 사람들을 만났지만, D처럼 신기한 사람은 없었다. 가르치는 족족 B를 완벽하게 만족시켰다. D를 가르칠 때면 행복했다. 다른 친구들과 게임, 연예인, 여자 이야기를 할 때보다 D와 그림에 관해 이야기하는 게 더 편했다. B는 점점 D를 찾게 됐다. 제자와 선생으로서가 아니라, 친구로서. 이렇게까지 한 사람에게 집중한 것은 처음이었다. 처음 그림을 그리는 것에 재미가 붙었던 때의 감정으로 돌아온 것 같았다. 그래. D는 그림이었다.

그런 B와는 다르게 세상은 B와 D가 함께 있는 것을 좋아하지 않았다. 반 아이들은 둘 중 더 약하다고 생각한 쪽, D를 압박했다. 필통의 연필이 죄다 부러져 있거나 사물함이나 서랍에 녹은 아이스크림이 들어 있는 일이 곧 잘 일어났다. D는 참았다. B에게조차 말하지 않았다. B는 아무것도 몰랐다. 아무것도 모르는 B는 D를 죽일 듯이 괴롭히는 애들과 정답게 장난을 치고 아무것도 모른 채 D의 옆에 앉아 대화를 나눴다. D는 괴로웠다. 끔찍했다. 제게 그렇게 모질게 굴던 얼굴들이 저렇게까지 사근사근해질 수 있다는 사실이 고통스러웠다.

어느 날, 그 일이 생긴 것이다. D는 항상 그림을 그리기 위해 공책을 가지고 다닌다. B와 점심을 먹고 왔더니 서랍 안에 있어야 할 공책이 다른 아이들의 손에 들려 있는 것이다. 이 사람 저 사람이 돌려보며 점심시간 내내 품평질을 한 모양이었다. B의 앞에서 대놓고 D를 괴롭힌 것은 처음이라 B 또한 정말 놀랐다. D의 얼굴이 빨개졌다. D가 공책을 가져오려고 이리저리 쫓아다녔지만 잡을 수 없었다. 반 아이들 모두가 D의 공책을 날리고 잡으며 즐거워했다.

"그만해!"

웃음소리가 멈췄다. 소리를 지른 B가 공책이 있는 곳으로 다가갔다. 공책을 휙 낚아챈 B는 D를 데리고 교실 밖으로 나갔다. D의 반응을 봐서는 처음 있는 일이 아닌 것 같았다. 미리 알아차리지 못한 자신에게 화가 났다.

"재네 너한테 왜 그러는 건데."

"몰라도 돼."

"말 해. 언제부터 저랬냐고!"

"결국 오늘도 네 도움을 받았어. 난 언제나 네 도움만 받는다고! 그래서 저러는 거야. 너한테 민폐만 끼치면서 계속 너 따라다니니까…."

한 명만 희생하고 베푸는 이 불합리한 관계를 좋아할 사람이 과연 몇이나 될까.

"왜 네가 따라다니는 거라 생각하는데? 우리가 같이 있는 게 왜 네 잘못인데?"

B는 이해할 수 없었다. D가 그렇게 생각하고 있다는 것이 괴로웠다. 자신 때문에 D가 미움 받고 있다는 사실은 큰 충격이었다. 생각지도 못한 상황이었다. 세상의 기준은 생각보다 엄격했다. 유하게만 살아왔던 B가 알지 못할 이면이었다. 자기들이 뭔데 사람을 멋대로 저울질해서 함부로 말하는 건지.

"나는 너한테 못 미치는 사람이야. 너는 나한테 과분해. 애초에 내가 너한테 그림 가르쳐 달라고 보채지만 않았어도…."

"나한테도 네가 과분해! 처음으로 제자가 생겼다고. 난 요즘에 네 생각밖에 안 해. 네가 뭘 배우면 좋아할지, 어떻게 가르치면 이해할지, 그 생각밖에 안 한다고."

D는 놀랐다. 자신이 B에게 그렇게 큰 영향을 끼치고 있는지 몰랐다. 귀를 의심했지만 B의 표정에는 거짓 하나 묻어나지 않았다.

"왜 그렇게까지 하는 건데…?

"너랑 친구하는 게 좋으니까."

D가 의아한 표정으로 B를 바라봤다.

"사실 우리 집 너랑 같은 동네 아니야. 원래 두 정거장 전에 내려. 근데…. 너랑 같이 있고 싶어서 일부러 거기서 내려."

"왜…."

"너는 다른 애들이랑 달라. 순수하고 때 묻지 않았어. 도화지 같아. 너랑 이야기할 때가 제일 즐거워."

웃음이 나왔다. 이 말을 반 아이들이 들으면 어떤 표정을 지을지 상상조차 되지 않았다. B의 말이 간지러워 속이 울렁거릴 정도였다.

D는 B의 얼굴을 바라보며 정말 기쁘다는 듯이 웃었다.

"왜 웃어?"

"네가 나랑 친구하고 싶다는 게 좋아서. 이제 그러지 마. 제때 내려."

B는 영문도 모른 채 D를 따라 웃었다. 괴롭힘 당했던 기억이 사라지는 기분이었다. 이대로 B와 함께라면 온갖 질타를 받아도 견딜 수 있을 것 같았다. 웃는 모습이 B에게는 왜인지 마음 아프게 다가왔다. B는 이 문제를 자신이 해결해야 한다고 생각했다.

B는 중요한 때에 참는 법을 모르는 사람이었다. 다음 날 아침 자습이 끝나고 선생님이 교실 밖으로 나가자마자 B가 교탁 앞에 섰다.

"내가 재랑 노는 게 왜 싫은데?"

시선이 B에게 집중됐다. B의 돌발 행동에 다들 놀란 것처럼 보였다. D 또한 갑자기 지명하자 토끼눈을 뜨고 B를 바라봤다.

B의 눈빛은 차갑게 식어 있었다. 교실안의 온 신경이 교탁 앞의 B에게 집중됐다.

"학기 초에 재랑 말 해 본 사람 한 명이라도 있어? 없잖아. 애초에 대화하려고 시도도차 안 했으면서 재가 좋은 애인지 나쁜 애인지, 나랑 놀지 안 놀지 결정하는 이유가 뭔데? 너희가 뭐라도 돼?"

아무도 대꾸할 수 없었다. 틀린 말이 아니었기 때문이다. 아무도 D가 어떤 사람인지 몰랐다. 관심조차 가지려 하지 않았다. 그래 놓고 D에게 근사한 친구가 생기자 관심을 가지기 시작한 것이다. 부러웠던 것이다. 부러움은 열등감으로 변했다. 그들은 자신의 열등감을 인정하지 않았고 대신 D를 나락으로 떨어뜨리기로 했다.

아이들은 아무 말도 하지 않았다. 결국 D는 사과도 위로도 받지 못했다. 대신 B가 D와 있는 시간이 늘어났다. 원래 친하던 무리들과도 일부러 거리를 두었다. 더이상 D를 괴롭히는 사람은 없었다.

D는 어딘가에서 통쾌함을 느꼈다. B에 의한 열등감은, 물론 다른 방향이었지만 D를 괴롭힌 아이들만 느낀 것이 아니었다. 자신은 보란듯이 극복한 B에 대한 열등감을 저들은 폭력적인 방법까지 써 가며 숨기려 한 것이 이제 안쓰럽기까지 했다. 내면이 약한 사람일수록 힘

을 키운다. 내면이 강인한 사람은 수백 번을 맞아도 쓰러지지 않는다.

2학년이 되었다. B와 D는 아쉽게도 다른 반이 됐다. 심지어 교실도 멀리 떨어져 있어서 자주 만나지 못하게 되었다.

"같이 학원 다니면 안 돼?"

"안 되는 거 알잖아."

"부모님 좀 설득해 봐. 억울하고 아까워서 그래. 우리 학원에 있는 애들보다 네가 더 잘 그린단 말이야. 지금부터 시작해도 넌 충분히 잘할 수 있어."

B는 간절했다. D는 이대로 놓치기 아쉬운 인물이었다. 분명 함께 학원을 다닌다면 D는 좋은 결과를 얻을 수 있을 것이다. 그럴 것이라고 B는 확신했다. B는 D의 그림이 좋았다. 마치 제가 키운 자식 같았다. 다른 사람들도 분명 그의 그림의 매력을 알아줄 것이라고 생각했다.

"너 반 바뀌고 얼굴 자주 못 본다고 이러는 거지."

"그래 그것도 있지. 너 친구도 잘 못 사귀잖아."

"참나, 작년에는 너 때문에 애들이 다 나 싫어해서 그랬지 나도 마음만 먹으면 친구 사귀거든."

D는 작년 일은 다 지나간 일이라고 생각했다. 하지만 B에게는 그것이 죄책감으로 남아 있었다. 그것은 B의 마음속에 언제나 D의 친구로 남아야 한다는 사명감 같은 것으로 자리했다.

"자주 못 보니까 너랑 멀어지는 것 같단 말이야."

"에이 뭘 그렇게까지 신경쓰냐. 어차피 졸업하면 연락도 잘 안 할 거면서."

"아…."

D의 말은 큰 충격이었다. B는 D와 영원한 친구라고 생각해 왔지 다른 미래는 떠올리지도 않았다. 다른 교실에서 생활하기 시작한 것뿐인데 벌써 불안하다. 졸업하고 나면? 학교가 나눠지면? 서로 사는 지역이 달라지면?

"엄마. 나 미술학원 다니고 싶어."

D의 어머니는 놀랐다. 그녀의 남편이 D가 그림 그리는 것을 싫어한다는 것을 D도 알고 있었다. 그래서인지 D는 한 번도 그림에 관련된 무언가를 요구하지 않았다. D는 B의 실망한 표정을 잊을래야 잊을 수가 없었다. B의 말대로였다. 몸이 떨어져 있으니 마음도 멀어지는 것을 D또한 느끼고 있었다. 결국 큰맘 먹고 도박을 하기로 한 것이다.

"갑자기 왜? 공부는."

"미술 한다고 공부 안 하는 거 아니야. 그거 편견이야, 엄마. 나 지금 성적 좋잖아. 이 성적에 실기까지 되면 진짜 좋은 대학 갈 수 있어. 자신 있어."

D는 곧 쏟아질 잔소리를 예상하고 고개를 푹 숙였다. 그런 제 아들을 보며 그녀는 말없이 머리를 쓰다듬었다. 드디어 D가 제게 속내를 말해 준 것이 대견했던 것이다. D는 꼬맹이일 때부터 그랬다. 어른스럽고 착해서 속내를 잘 드러내지 않았다. 보이지 않는 상처는 말을 하지 않으면 모른다. 아픈 곳을 찔러도 알 수가 없다는 말이다.

"그래. 하고 싶으면 해야지."

D가 놀란 표정으로 그녀를 올려다보았다. 당연히 안 된다는 말을

들을 줄 알았기 때문이다. 의외로 쉽게 떨어진 허락에 D는 허무하면서도 기뻐서 울 것만 같았다.

"왜…?"

"왜냐니? 네가 간다며."

"엄마 나 그림 그리는 거 싫어하잖아…."

"네가 하고 싶은 거 한다는데 상관없어. 네 아빠가 문제지. 그래서 알아 둔 학원은 있어?"

"응! 친구가 다니는 학원인데…."

실로 오랜만에 아들이 웃는 모습을 보는 것 같았다. 둘 중 그 누구도 먼저 이야기를 꺼내지 않아 서로의 마음을 몰랐던 것이다. D가 고등학생이 되도록 미술학원 보내달라는 소리를 안 해 D가 그림을 정말 좋아한다는 것을 몰랐던 것이다. 학원 이야기를 하며 눈이 반짝거리는 아들은 정말로 그림에 푹 빠진 사람처럼 보였다.

그녀는 남편이 D가 그림 그리는 것을 싫어하는 것을 알지만 그런 식으로 대놓고 아이에게 압박을 주고 있는 줄은 몰랐다. D와 멀어진 원흉이 그에게 있었던 것이다. 그날 한바탕 살벌한 기싸움이 있는 후 다음주부터 D는 학원에 다니게 되었다.

18살

D는 처음으로 제대로 된 학원에 다닐 수 있게 되었다. 그 당시 D는 집에 있을 때는 언제나 자신 있는 표정이었다. 이는 부모님의 불안을 위한 것이자 제 불안을 위한 것이기도 했다. 이렇게 늦게 시작해서 잘할 수 있을까? 갑자기 그만두고 싶어지면 그때는 부모님께

뭐라고 말씀드려야 하지? 그때가 돼서 진로를 바꾸는 게 가능한가? 끊임없이 튀어나오는 불안. 그 새까만 불안을 들키지 않기 위한 일종의 변장이었다.

그럼에도 그림을 그리고 있으면 그런 생각이 들지 않았다. 신기한 일이었다. 그림에 열정을 쏟아붓고 나면 크게 소리를 지른 것처럼 불안이 싹 사라졌다. 만들어진 표정은 점점 진짜가 되어갔다.

B는 D와 같은 학원에 다닌다는 것이 마냥 기뻤다. D가 처음으로 어머니께 제 그림을 보여드렸다는 말을 들었을 때도 기뻤다. D의 인생이 그의 성품에 걸맞게 술술 풀려가는 것이 보기 좋았다. B가 D에게 그림을 가르쳐 줄 일은 더이상 없다는 것이 아쉬울 뿐.

"맞다, 너 소원은?"

"소원?"

"그림 가르쳐 주는 대신이라며."

맞아. 그게 있었지. B는 사실 D를 가르치며 배운 게 더 많았다. 그를 가르치려면 B 또한 더 훌륭해져야만 했으니까. 그래서인지 소원을 보수로 받으려던 걸 까맣게 잊고 있었던 것이다.

"우리 별 보러 가자."

"웬 별? 학원 끝나고 집 가면서 매일 보는 게 별인데."

"아니 제대로 보자고 제대로. 오늘 유성우 엄청 떨어진대. 학원 끝나고 돗자리 사서 운동장 가자."

"그게 소원이야?"

"아니! 별 다 떨어지기 전까지 정해서 말 해줄게."

별이 비처럼 쏟아지던 그날은 소년 D가 가진 가장 큰 기억이었다. 어른이 된 D가 섣불리 나아가지 못한 원인이라고 할 수도 있다. D는 아직도 그때 B가 했던 말을 토씨 하나 틀리지 않고 기억한다.

"난 별이 좋아. 도시에서는 별이 잘 안 보이잖아. 그런데도 저렇게 빛나는 별들은 엄청 밝아서 여기가 도시든 시골이든 어디서나 보인다?"

요즘 세상에 이렇게 감성이 풍부한 고등학생이 B외에 더 있을까. B는 소중한 사람이었다. 그가 세상을 보는 눈은 특별했다. 그와 있으면 D는 자신도 특별해지는 것 같은 착각이 들었다.

"우리도 저렇게 되자. 둘이 어디에 있든 서로 찾을 수 있게."

"왜 우리가 서로 찾아야 하는데?"

"너는 날 떠날 거니까."

그랬다. B는 거의 모든 것에 대해 확신할 수 있었다. 무생물도 생물도 결국에는 어떻게 될지. 친구 또한 그랬다. 제 곁에 남아 있을지 아닐지 짐작이 섰다. 하지만 D는 달랐다. D는 B의 처음이다. B가 처음 다가가서 사귄 친구, B가 처음으로 가르친 제자, B가 처음으로 확신할 수 없는 사람. D는 언제나 떠날 것 같이 굴었다. 영원은 없다는 듯이. B가 살면서 만난 수많은 친구들은 언제나 B와 영원히 함께일 것처럼 말했다. 그중에는 벌써 연락이 끊긴 사람이 대부분이었다. 그런 거짓말쟁이들도 아무렇지 않게 영원을 말했지만 D는 그러지 않았다. B가 처음으로 영원한 친구로 남고 싶다고 생각한 사람이 D이다.

"맞지?"

하지만 두 사람이 영원하지 않을 것을 B는 알았다.

"글쎄."

D는 확신하지 않았다. 그 무엇도. 확신할 수 있는 것은 없었다. 미래에 있을 수 있는 일들은 무한했다. 둘은 영원할 수도 있고 아닐 수도 있을 것이다. 금방 잊을 수도 있지만 사무치게 그리울 수도 있을 것이다. 지금 D의 감정으로서는 만약 B와 헤어진다면 돌아서면 보고 싶고 또 돌아서면 보고 싶을 것이 뻔했다. 하지만 이 또한 한 순간의 감정일지도 모른다는 것을 D는 언제나 명심하고 또 명심했다. 친구 놀이도 좋지만 제 인생이 더 중요하다고 생각했기 때문이다. 세상에 영원한 감정이라는 것은 없다. 하지만 왜인지 B는 자꾸만 예상 밖의 말들로 D의 신념을 무너뜨렸다. B는 언제나 예외였다.

"그러다가…. 떠나다가 그리워지면 뒤돌아볼 수도 있잖아. 그때 금방 찾을 수 있게."

그 낯간지러운 말이 너무 좋아서 D는 아직까지도 이 학교 운동장을 떠나지 못했다. 판단이 흐려질 거라는 것을 뻔히 알면서 B를 하염없이 그리워하기로 결심했다. B는 그걸 아는지 모르는지. 함께 걸어가고 싶은 것처럼 말해놓고 혼자 저만치 뛰어가서 달이 되었다. 어디를 가든 보이는 달. 자신의 빛으로 주변에 있는 별들의 빛남까지 마음대로 정할 수 있는.

"넌 너무 문과형 인간이야. 알아?"

"그래?"

"그런 건 여자 친구 생기면 해. 징그럽게 나한테 하지 말고."

"여친은 무슨."

B가 픽 웃었다. 오늘따라 밤하늘이 개었는지 별이 더 잘 보이는 것

같았다. 도시의 까만 하늘에서 찾아보기 힘든 장면이었다. 기분 탓일지도 몰랐지만 마냥 좋았다. 그리고 드디어 고대하던 순간이 찾아왔다.

"어 봤어? 별똥별!"

"나 실제로는 처음 봐…."

"나도."

별 떨어지는 거 보려고 1시간 내내 학교 운동장 한가운데에 누워 있어 본 사람이 그리 흔하지는 않을 거다. D도 괜히 들떠서 자꾸만 탄성이 터졌다. D는 마치 어린아이처럼 좋아라했다. B는 그 얼굴을 보며 마침내 생각해냈다. 제 소원을.

"나 소원 정했어."

B가 허리를 일으키며 말했다.

"헤어져도 다시 만나는 거."

이는 D에게 비는 소원이자, 떨어지는 별똥별에게 비는 것이기도 했다. 간절함을 꾹꾹 뭉쳐 뱉어낸 소원이다.

"어떻게?"

"나중에 유명한 사람이 되면 가명을 쓰는 거야. 나는 B 너는 D로. 그걸 보고 서로 알아보는 거지. 그리고 다시 만나는 거야. 운동장 바로 이 자리에서."

진창

삼학년.

삼학년이 되고 바뀐 학원 선생님은 최악이었다. 학원에 있는 아이들에게 그림 그리는 것 외에는 아무것도 허용하지 않았다. 안 그래도 지옥 같은 시기에 아이들은 점점 지쳐갔다. 그나마 위로가 되는 것은 두 사람이 같은 반이 됐다는 것이다. 그것 말고는 좋은 점이 단 하나도 없었다. 고등학교 3학년 생활은 그렇게 불길하게 시작됐다.

선생님은 밥 먹듯이 아이들을 서로 비교하며 까 내렸다. 주로 가장 실력이 좋은 B와 비교 당했는데, 이는 다른 아이들에게도 B에게도 큰 스트레스였다. 그날 D는 평소보다 피곤한 상태였다. 최대한 정신을 붙잡으려 해봤지만 그마저도 잘 되지 않는 날이었다. 그게 그림에도 여실히 드러났다. 아니나 다를까, 불행하게도 눈치 빠른 선생님은 바로 알아차렸다.

"너 형태가 왜 이렇게 나가?"

"아…."

"넌 항상 태도가 왜 그러니? 그림 그리기 싫어? 대학 안 갈래?"

"아니요…."

"이 따위로 그리면서 아니긴 뭐가 아니야!"

그림을 찢었다. 일전에도 한두 번 찢긴 적은 있었지만 그때마다 마음이 아팠다. D는 금방이라도 엉엉 울 것 같은 표정이었다. D는 입술을 꽉 깨물며 하염없이 땅을 바라봤다. 아무것도 할 수 없었던 B는 안절부절 D만 바라봤다. D는 당황한 B를 보며 애써 눈물을 꾹 참았다.

"이거 봐라. 얼마나 잘 그렸어. 고3이 되도록 원기둥 하나 제대로 못 그리는 게 말이 돼?"

아, 결국. B가 우려하던 일이 시작되었다. 선생님은 D의 그림을 바닥에 내팽개치고 어느새 B의 그림을 들고 있었다. 선생님은 B의 그림을 무한히 칭찬하며 D에게 망신을 주었다.

"미안."

"네가 왜 미안해. 나보다 그림 잘 그려서?"

"아니…."

집으로 가는 내내 침묵이 흘렀다. 서로 잘못한 건 아무것도 없는데 난감하고 어색한 상황. 3학년이 되고 이런 일들이 종종 생겼다.

"나 미술 하지 말까."

"그럼 그 쌤한테 지는 거밖에 더 돼?"

"난 벌써 너한테 졌는 걸."

"말을 뭐 그렇게 하냐."

"사실이잖아."

D는 항상 그랬다. 칭찬을 받을 만하지만 칭찬을 해주는 사람이 얼마 없는 아이는 결국 자존감이 바닥까지 가라앉아 버렸다. B는 D의 그런 태도가 싫었다. 그의 그림이 서툴러 보일지 몰라도 그 어느 그림보다 사랑스럽다는 것을 D 스스로가 모르는 것이 원통했다. 가르쳐 주는 대로 그림을 잘 그렸지만 정작 B가 알려주고 싶었던 자신의 그림을 사랑하는 법은 도통 배우려 하지를 않았다. 심지어 상황도 따라주지 않았다. 바뀐 선생님은 D의 자존감을 바닥까지 끌어내렸고, 급기야 D가 잊었던 B에 대한 열등감까지 다시 스멀스멀 올라와 D를 잠식했다.

"재능의 차이인 거지 뭐."

D는 재능에 집착했다. 자신의 실패 원인이 재능 부족이라는 것을 믿어 의심치 않았다. 그가 그런 우연적인 조건에 얽매여 있는 것이 B는 정말 싫었다. 모든 일은 자기하기 나름이다. D는 성장하려면 마음가짐 또한 중요하다는 것을 죽어도 배우려 하지 않았다.

"나는 재능 있는 게 아니야. 열심히 하는 거지."

"누구는 열심히 안 해? 열심히 해도 되는 애가 있고 안 되는 애가 있어. 그게 재능이라는 거야."

"네가 열심히 한 양과 내 양은 다를 수밖에 없어. 어쩌다 보니 내가 좀더 많았을 뿐이야."

"그래 물론 그렇겠지. 너는 나보다 훨씬 전부터 학원도 다니고 인정도 받아 왔으니까."

폭풍전야. 각자의 스트레스가 잘못된 방향으로 서로를 찌르기 시작했다. 버스 안이 두 사람의 성난 목소리로 가득 찼다. 늦은 시간이라 탑승객이 없어 시선이 몰리는 일은 없었다. 그래서인지 두 사람의 언성이 점점 더 높아져 갔다.

"네 열등감을 나한테 표출한다고 사라지는 건 아니야."

"알아! 나도 안다고! 그렇게…. 너만 다 안다는 듯 말하지 마…."

급기야 D는 B의 바른 말까지 저를 무시하는 것처럼 듣기 시작했다. 사람의 감정이란 복잡하다. 가끔씩 이상한 것에 버튼이 눌려 그동안 쌓인 것을 악을 쓰며 내뿜는 것이다. 그래서 이렇게….

"그런 적 없어. 나는 네가 나한테 쓸 데 없는 열등감을 느껴서 이러고 있는 것만 아는 걸."

"너 왜 그러는 건데…? 내가 옆에서 온갖 불평불만을 하면 언제나 명쾌한 해결책을 내놓잖아. 그거 정말 싫어! 내가 쩔쩔매던 문제를 네가 쉽게 푸는 게 싫다고! 얕보이는 것 같아서 기분 나빠! 그래 네 말대로 나는 열등감 덩어리니까!"

굳이 하지 않아도 될 말을 하고 마는 것이다.

다음 정류장을 안내하는 방송이 나왔다. D가 벽에 달린 버튼을 꾹 눌렀다. 문이 열리자 D는 인사도 하지 않은 채 버스 밖으로 뛰쳐나갔다. 어디인지는 중요하지 않았다. 이 부끄럽고 화나는 상황에서 빨리 벗어나고 싶었다. B는 묵묵히 바닥만 쳐다보고 있었다.

그날은 모두가 예민해져 있었다. 얼마 전에 나온 모의고사 성적표. 거의 막바지로 다가온 고등학교 생활. 얼마 남지 않은 수능. 더군다나 B는 D와 있었던 일 때문에 화가 나 있었다. D의 태도에도 화가 났지만 D를 잘 달래지 못한 것과, D의 마음을 헤아리지 못한 것, 아직까지 화해하지 못해 더 화가 났다. 그저 문제집을 죽일 듯이 노려보며 괜히 화풀이를 해볼 뿐이었다.

"넌 부럽다. 수학 안 하잖아."

방아쇠. 방아쇠를 당기고야 말았다. B의 앞에 앉는 학생이었다. 고등학교 일이학년을 놈팡이같이 허송세월로 보내더니 삼학년이 되어서야 공부를 해보겠다며 연필을 잡은 순 양아치 같은 놈이었다.

"대신 그림을 하루 종일 그리잖아."

"그림 까짓거 수학보다 어렵겠냐? 야, 내가 지금부터 시작해도 미대 가겠다."

"그럼 해보던가."

B가 자리를 박차고 일어났다. 매우 화난 것 같은 표정이었다. 조용히 공부하던 반 아이들이 일제히 B를 바라봤다. D도 깜짝 놀라 눈을 동그랗게 뜨고 B를 바라보았다. 저러다가 싸우는 거 아니야?

"야 뭐하냐. 때리게?"

"해보라고. 재수 없게 입만 털지 말고. 지금부터라도 수학 접고 미술 시작하라고."

"내가 그걸 왜 하냐. 계집애같이. 너 같은 공주님들끼리 실컷 해쳐 드세요."

"와, 공주? 머리에 든 게 뭐냐? 왜 너 혼자 구석기 시대야? 남자 여자 편 가르게? 신기하다. 기본적인 지식도, 수학 포기하고 미대입시 뛰어들 깡도 없는 새끼가 시비는 어떻게 건대?"

“뭐? 이 새끼가-”

순식간이었다. 누가 말릴 틈도 없이 두 사람이 죽일 듯이 엉겨 붙었다. 상대는 시비 걸고 싸우는 게 하루 일과였던 전적이 있었다. B가 이길 리가 없었다. B의 얼굴이 점점 엉망이 되어 갔다. 놀란 D가 빠르게 다가가 둘 사이에 끼어들었다.

“야! 그만 해!”

“아 비키라고.”

D라고 뭐 별 수가 있었겠는가. 세게 떠밀린 D를 뒤로하고 B는 놈에 의해 교실 뒤쪽으로 끌려가고 있었다. 의자 하나가 B의 머리 위로 빠르게 올라갔다.

그 순간 D의 짧은 비명이 교실을 울렸다. 의자에 세게 맞을 뻔한 B앞으로 D가 끼어든 것이다. 순간적으로 팔을 이용해 날아오는 의자를 막은 바람에 오른팔이 타들어가듯 아파왔다. 두 대, 세 대. 제 앞길을 막아선 D에 화가 난 건지 의자는 자꾸만 휘둘러졌다. D의 교복이 붉게 물들어갔다. 왜 나선 걸까. 피 떡이 된 B의 앞을 막아서는데 D는 한 치의 고민도 하지 않았다. 맞아서 피가 나기 시작해서야 D는 후회하고 걱정하기 시작했다. 고3인데. 곧 입시 시험을 쳐야 하는데. 부러지면 어쩌려고? 이제껏 했던 노력을 모두 물거품으로 만들려고?

그래도 괜찮다는 생각이 들었다. B도 고3이니까. 그는 곧 입시 시험을 쳐야 하니까. 그의 팔이 부러지면 안 되니까. 그가 이제껏 했던 노력을 모두 물거품으로 만들 수는 없으니까.

뒤늦게 교실 안으로 들어온 선생님에 의해 상황은 종료됐다. B와 D를 때린 놈은 징계를 받았다. 두 사람은 병원으로 실려 갔다. B는 잠깐 정신을 잃었지만 다행히 큰 부상 없이 그날 오후에 깨어났다. D는….

B는 눈을 뜨자마자 D를 찾았다. 바로 옆 침대에 있다는 것을 들은 B는 아픈 몸을 이끌어 D에게 가려고 했다. 옆에서 B를 보고 있던 담임 선생님이 움직이려는 B를 막아섰다. 실랑이를 벌이는 소리가 커지자 D가 짜증스럽게 커튼을 열었다.

"너…. 팔…."

"덕분에 깁스도 하고 말이야."

"얼마나…."

"부러졌대."

B가 D의 부러진 오른팔을 멍하니 바라봤다. B가 천천히 걸어 D의 침대 쪽으로 다가가 앉았다. 한동안 침묵이 계속되자 담임 선생님은 한숨을 쉬며 간호사를 불러오겠다며 밖으로 나갔다. 문이 닫히고 나서야 B는 입을 열기 시작했다.

"나는…. 퇴원하고 집에 가는 길에 죽을 거야."

"뭐라는 거야."

"정말이야. 너를 위해서 기꺼이 죽을게."

"이상한 말 좀 하지 마."

"내가 죽으면 넌 깁스를 몇 주 동안 하든지 간에 우리 학교에서는 제일 그림 잘 그리는 학생이 될 수 있잖아. 그렇게 되면 네가 그렇게 원하던 대학도…."

"그만 하라고!"

D의 왼손이 B의 빰을 세게 쳤다. B는 벙찐 표정으로 D를 바라보

았다. D는…. 울고 있었다. 의사에게 팔이 부러졌다는 말을 들었을 때보다 서럽게 울었다. B가 내뱉는 말들이 너무 아팠다. 팔이 부러진 것보다 아프다. D가 우는 모습을 처음 본 B가 놀라서 엄지로 D의 눈물을 닦기 시작했다.

"미안, 내가 미안해…. 울지 마 제발…."

B 또한 거의 울 것 같은 표정을 지었다. 그 눈물 틈으로 제가 던진 말에 순간 D가 느꼈을 허망함과 두려움이 느껴져 B는 정신을 차렸다. 아픔과 고통으로 가득 찬 마음과 몸 때문에 잠깐 정신이 나간 건지 끔찍한 말을 지껄인 것이다. 부어오른 오른쪽 뺨보다 D의 눈물이 닿는 손이 더 따가웠다.

B의 발견

D가 사라졌다. 퇴원하고 학교로 돌아올 줄 알았던 D가 전학을 갔다. 학교도 지역도 몰랐다. 누구에게도 어디로 가는지 알리지 않고 떠났다고 한다. D가 나을 때까지 하루도 빼먹지 않고 병문안을 갔는데도 알아차리지 못한 자신을 저주했다. 당연히 연락도 되지 않았다. 미술학원에서조차 보이지 않았다. 절망적이었다. D가 왜 떠난 건지라도 알고 싶었다. 내가 뭘 잘못해서 이렇게 큰 벌을 내린 건지. 의욕이 없었다. 그렇게 좋아하던 그림도 더이상 즐기면서 그릴 수 없었다. 억지로 그림을 그리고 있는 것은 B의 인생에서 처음 있는 일이었다.

비어있는 D의 책상을 자신의 자리로 옮겼다. 그렇게 하지 않으면 교실에 앉아 있을 수가 없었다. 당장 뛰쳐나가서 D의 행방을 찾고 싶은 B의 마음을 잡는 것은 이 차가운 책상뿐이었다.

교실 뒤편에 있는 D의 사물함에는 원래 D가 쓰던 자물쇠가 그대로 잠겨 있었다. 어느 날 문득, B는 그 자물쇠를 풀어 봐야겠다는 생각이 들었다. 무심코 저걸 굳이 잠가놓고 간 것에 아무 의미도 없을 리가 없다는 생각이 든 것이다. 그날 B는 하루 종일 다이얼을 돌렸다. 1111, 1234, D의 전화번호부터 해서 D의 생일까지. 아무것도 맞지 않았다. D가 비밀번호로 사용할 만한 네 자리 숫자를 도저히 알 수가 없었다. 물론 공구 같은 것을 빌려와서 자물쇠를 딸 수도 있을 것이다. 하지만 당연히 B는 그러고 싶지 않았다. D의 흔적을 잃고 싶지 않았다. 이 자물쇠를 부숴서 열었을 때의 상실감을 상상하는 것만으로도 D가 사라졌을 때의 기분이 다시 느껴졌기 때문이다. 결국 B는 열심히 손가락을 굴렸다. 하교할 시간이 다 되어서도 멈추지 않았다. 그러다 그는 문득 무언가에 이끌린 듯이 한 숫자로 다이얼을 맞추었다. B의 생일.

열렸다. 설마 제 생일이었을 줄이야. 일부러 B가 맞출 수 있게 바꿔놓고 간 모양이다. 허탈하게 웃으며 B는 자물쇠를 열었다. 안에 들어있는 것은 그림이었다. 모서리에 'D'라고 사인이 되어 있었다. D가 그 이름을 가장 처음 사용한 곳이었다. 그 그림 한 장은 잔인하고도 아름다웠다. B가 제 그림보다 아끼는, 지독하게 사랑하는 D의 그림. D가 그린, 나. 그림 그리는 사람이 해줄 수 있는 가장 좋은 선물. 애정이 담긴 그림 한 점. 꽃, 한 송이.

그림 뒤에는 작은 글씨가 쓰여 있었다.

'서로 찾아야 하니까 떠나는 거야'

D의 그림을 계기로 B는 다시 입시에 집중했다. 유명해지자. 유명해지면 D는 나를 찾을 수 있을 것이다. 다시 만날 것이다. 학교에

서는 죽은 듯이 공부만 하고, 학원에서는 죽은 듯이 그림만 그리며 B는 고등학교를 졸업했다. 괜찮은 대학. 괜찮은 성적. 괜찮은 작품.

결국, B라는 이름으로 성공했다. 그의 이름이 세상에 알려지자 B는 가끔 학교에 갔다. 가끔 어둑어둑해질 때까지 기다리기도 했다. 하지만 감동적인 재회는 생각처럼 쉽지 않았다. 확실하게 D에게 신호를 보낼 수 있는 방법이 필요했다.

D의 발견

D는 사라지기로 했다. B의 시야에서 벗어나 새로 간 학교는 지옥 같았다. 고3인데 이상한 시점에 전학을 온데다가 깁스까지 한 전학생을 학생들은 당연히 사고치고 강제 전학 온 문제아라고 생각했다. 어처구니없게도 괜히 엮여서 좋을 것 없다는 이미지가 만들어진 모양이었다. 더군다나 중요한 시기에 친구놀이 할 여유가 어느 누구에게 있을까? 원래 혼자 다니는 것이 편했던 D는 그 정도는 참을 수 있었다. 진짜 지옥 같은 것은, 이 학교에는 B가 없다는 것이다. 있다가 없으면 빈자리가 더 크게 느껴지는 법이다. 보고 싶었다. 고작 며칠 안 봤다고 속으로 이렇게 울 거면서 D는 왜 전학을 선택했을까?

D는 B를 위해 떠났다. B의 죄책감이 되기 싫어서. 짐이 되기 싫어서. B는 분명 성공할 수 있다. 그의 성공에 D가 걸림돌이 되어 앞길을 막을 수는 없었다. 입원 첫 날, B가 진지한 표정으로 죽는다고

했던 순간부터 전학은 정해져 있었다. 그리움은 있지만 후회는 없다.

애초에 학원을 늦게 다닌 D가 몇 개월간 그림을 못 그린 것은 큰 손실이었다. D의 고등학교 3학년은 생지옥과 같았다. 팔이 완전히 회복되자마자 D는 급하게 학원을 다니기 시작했다. 거의 모든 시간을 학원에서 그림만 그리면서 지냈다. 실패는 안 된다. 이 시점에서 실패한다면 B에 대한 그리움 때문이라는 생각밖에 들지 않을 것 같았기 때문이다. 그런 최후를 맞이하고 싶지 않았다. D는 일부러 더 미친 듯이 입시에 매달렸다.

D는 괜찮은 대학에 갔다. D의 부모님도 만족하셨고, D 또한 만족했다. B와는 연락이 되지 않았다. 전학 가면서 번호를 바꿨으니 D가 먼저 연락하지 않는 한 당연한 일이었다. 혹시 대학교 입학식 때 만나지 않을까 하고 내심 기대했지만 그런 드라마틱한 일은 일어나지 않았다. D는 더 기다려보기로 했다. D는 모아 뒀던 돈에 아르바이트비를 보태 차를 샀다. 학교에 가기 위해서였다. 대학교를 다니기 위해 자취방으로 이사를 간 후 학교가 꽤 멀어졌다. D는 자주 그곳의 풍경을 그렸다. 건물과 자연 자체가 훌륭한 것은 아니었다. 오히려 관리되지 않은 나무와 오래 된 건물은 황폐하기까지 했다. 하지만 D는 화가였다. 스케치북 속에 그림 그리는 남학생을 그려 넣으면 그곳은 찬란해졌다. D만의 작은 절경이었다.

어쩌면 D는 이 작은 네모 속에 얽매여 있느라 자신을 챙기지 못한 것일지도 몰랐다. 돈과 명예 대신 아무에게도 보여주지 않을 그림만 차곡차곡 쌓여갔다. 정신없이 B의 흔적을 쫓다 보니 D는 성공해야 한다는 목표를 잊고 말았다. B의 그림자만 찾아다녔지 정작 B

를 찾을 생각은 안한 거다.

시간이 너무 많이 흘렀다. D는 의아했다. D가 아는 B의 능력이라면 지금쯤 B의 이름이 들리지 않는 곳이 없어야 정상이 아닌가? B만큼 그림을 사랑하고 잘 그리는 사람이 도대체 어디에 있길래 이 시점이 되도록 B의 소식이 들리지 않는 걸까? 너무 늦은 건지 옛날 번호로는 연락도 되지 않았다. 기다리기만 하는 것은 지치는 일이었다. D는 다시 제대로 된 작품을 그리기로 결심했다.

D는 'D'라는 이름을 아껴두기로 했다. 아직 세상에 내보이지 않기로 했다. B의 입에서 나온 그 이름이 너무도 소중하게 느껴져서 그 누구에게도 보이고 싶지 않았다. 적어도 B를 다시 만나기 전까지는. 그렇다고 'D'외의 다른 이름으로 작품 활동을 시작하고 싶지는 않았다.

화가로 성공하기 힘들다. 무명 화가는 더 그랬다. D의 그림을 좋아하는 사람들은 그를 누군가에게 보여주고 싶어도 그를 뭐라고 소개해야 할지 몰랐다. 그의 그림을 더 보고 싶어도 뭐라고 찾아야 나오는지 몰랐다. 그런데도 D에게 이름이 없는 것은 큰 문제가 되지는 않았다. 사람들은 화가의 이름을 원하지 않았다. 눈앞에 있는 그림을 봤다는 것, 그걸로 만족했다.

D는 점점 지쳐갔다. 마냥 B를 기다리며 정말 좋아하는 그림을 그릴 때보다 힘이 들었다. 왜 B의 소식이 아직까지 들리지 않는지에 대해 조금은 알 것 같았다. 시간은 빠른 듯 더디게 흘러갔다.

얼마간의 시간이 지났을까. D의 온몸은 지치고 상해 있었다. 그럼에도 놓을 수 없어 그림을 계속 그렸다. 학교에 가고 싶은 마음이 굴뚝같았지만 다시 그곳에 갔다가는 성공하지 못할 것을 D 스스로도 잘 알았다. D의 집착은 점점 심해져 그림 외에 다른 것은 눈에 들어오지 않을 정도가 됐다.

그날 D는 기분 나쁜 두통 덕에 문득 정신을 차린 것이다. 그제서야 주변을 둘러보던 D는 B를 발견했다.

B와 D의

인터뷰가 끝났다. 시청률이 평소보다 잘 나왔다며 작가는 함박웃음을 지으며 B의 손을 흔들었다. B는 행복해 보였다. 회식에 가자는 제의를 거절하고 급하게 일층으로 내려갔다. 기다리기 위해서. 이제 B가 할 일은 기다리는 것뿐이었다. D가 자신을 찾을 때까지 언제까지고.

날이 차다. 하얗게 입김이 서렸다. 방송국에서 거기까지 얼마나 걸리려나. 택시를 잡은 B는 당연하다는 듯 그곳으로 갔다.

B가 어디에 있을지는 뻔했다. 추울 텐데. 바보같이 기다리고 있으면 어쩌지. D가 방송을 못 봤을지도 모르겠다는 생각은 하지도 않은 채 하염없이 기다릴 사람이었다, B는.

외투를 챙겨 입은 D가 빠르게 주차장으로 내려갔다. 시동을 건 D는 두근거리는 마음을 주체할 수 없었다.

B. B가 왔다.

사무치게 그리웠던 그 얼굴. 죽을 듯이 그리워할 바에 차라리 잊고 싶었던, 잊을래야 잊을 수 없는 그 얼굴. 젖살이 빠졌는지 십대의 앳된 얼굴은 아니었지만 알아 볼 수 있었다. B가 기다리고 있는 곳은 학교다. 두 사람이 처음 만난 곳이자, 서로가 서로를 잊기로 결심한 곳. D가 제 사물함에 자물쇠를 채웠고, B는 그림을 집어든 곳.

현재 D가 사는 곳은 모교와 가깝지 않았다. 이 추운 날씨에 B가 먼저 도착해 기다리고 있을까 봐 D는 속도를 내기 시작했다. 그때 앞유리 위로 비가 툭툭 떨어지기 시작했다. 안 돼. 오늘 눈이 온다는 말은 들었는데. 갑자기 날이 풀리기라도 한 건지 눈이 되지 못한 비가 보슬보슬 내린다. D의 마음이 더 급해졌다. 설마 비 맞고 있는 건 아니겠지. 학교 안에 들어가 있기라도 하겠지. D가 불안한 듯 핸들을 툭툭 건드린다. 드디어 익숙한 동네가 보이기 시작했다. 시간이 얼마나 흐른 걸까. 교문에 대충 차를 세운 D가 밖으로 나왔다.

떨어지는 비에 외투에 달린 모자를 뒤집어썼다. 다급한 발걸음 소리가 축축하게 울렸다. 발이 젖는 줄도 모르고 열심히 달려가다 보면,

운동장에는 푹 젖어 있는 B가 있다.

눈이 내리기 시작했다. 눈이 되지 못했던 비가 마침내 적절한 온도를 만난 것일까. 하얀 꽃송이가 떨어지는 것만 같았다. 봄이었다.

진미동 사람들

| 작가의 말 |

2018년 여름방학 국어 몰입캠프를 하던 중 읽었던 '원미동 사람들'이라는 책에 감명을 받아서 '나도 저런 종류의 책을 쓰고 싶다'고 생각하여 '진미동 사람들'이라는 책을 쓰게 되었다. '원미동 사람들'에서 원미동에는 비슷비슷한 처지의 사람들이 옹기종기 모여 살고 있다. '진미동 사람들'에도 다양한 주민들의 생활모습과 고민, 갈등이 주된 내용을 이루고 있다.

대학을 졸업하고 겨우 취업을 해서 적은 월급이지만 성실히 일하며 하루하루를 살던 '나'는 회사가 망하고 실업자가 되어 비교적 집값이 싼 진미동으로 이사 오게 되었다.

'나'는 처음에는 허름하고 볼품없는 집에서 사는 현실을 외면하려 했지만 주민 사람들의 따뜻한 정과 관심을 느끼면서 삶을 대하는 태도가 달라졌다.

그럼 다양한 진미동의 주민들을 만나러 가 보실까요?

여기는 진미동

덜컹, 덜컹거리는 시골버스에 몸을 실었다.

내리는 역이 종점이기 때문에 마음을 가라앉히며 작동이 되는지 안 되는지 도통 알 수가 없는 히터 바람이 나오는 버스 앞 좌석에 앉았다. 나는 앉자마자 필사적으로 차가운 두 손바닥을 비비며 손을 둥글게 모으고 그 안으로 입김을 불어넣었다. 히터 바람에 몸이 나른해지며 눈이 감겼다.

눈을 감은 지 얼마나 되었을까, 어깨 위로 따뜻한 감촉이 느껴져 눈을 뜨니 버스기사가

"우리 버스 종점이 진미동이에요. 아가씨, 여기서 내리는 거 맞죠? 너무 푹 자는 거 같아서 깨우기 그랬는데……."

화들짝 놀라 마른 침을 삼키고 꽤 높은 목소리로

"아……. 제가 어제 잠을 설쳤더니……. 감사합니다."

하고 버스에서 내렸다.

내리자마자 느껴지는 차가운 바람. 좀 전의 따스했던 온기는 온데간데없고 매서운 바람에 정신이 바짝 들었다. 옷을 몇 겹이나 껴입어도 추운 건 마찬가지였다.

"아……. 이 동네가 앞으로 내가 살아야 할 동네구나. 실감이 나지 않아. 내가 이런 촌 동네에서 살다니. 말도 안 돼."

나는 부정했다.

아무리 마음을 가다듬어도 막상 와 보니 현실을 부정하게 되었다. 지금 눈에 보이는 건 넓게 펼쳐진 논뿐이다. 논 사이 흙으로 덮인 길을 발견하고는 지름길인가 싶어 걸음을 재촉했다.

푸석, 푸석 추위로 얼어붙은 흙길을 따라 걸어가는 길. 집들마다 마당에 묶어 놓은 개가 '컹컹' 짖었다. 어느 정도는 각오했지만 역시나 형편없었다. 방 안에 들어서니 서늘한 기운이 주인처럼 확 덮쳤다.

이번 겨울을 여기서 버틸 수 있을지 벌써부터 걱정이다.

걱정도 잠시, 한숨을 내뱉으며 앞으로 살게 될 집을 살펴보는데 밖에서 인기척이 들린다.

"뭐지?"

무슨 영문인지 몰라 급하게 나가 사람들 무리로 갔다. 최근에 파마를 한 것 같은 아주머니가

"오늘 새로 이사 오신 분이죠? 아이고, 아가씨 같은데…. 진미동이 허름해 보이긴 하지만 정말 좋은 곳이에요. 동네 사람들도 착하고."

나는 최대한 담담하게

"네……. 그런데 다들 모여서 뭐 하시는 건가요?"

"학생, 방금 뭐라고 했어? 내가 작년에 청신경 종양 판정받아서 크게 말 안 하면 잘 못 들어."

"다들 여기 모여서 무엇을 하시나요?"

"아, 여기 있는 사람들은 죄다 진미동에 사는 사람들인데 우리는 가끔 이렇게 모여서 저기 뒤쪽에 있는 진미산에 가서 운동하고 그래요."

아주머니의 손가락이 향한 곳을 보니 내 집 뒤쪽에 진미산이 위치해 있는 것 같았다. 아마도 집 앞을 지나쳐 진미산으로 가던 중이었던 것 같다.

점점 집에 익숙해지는지 집에 대해 느꼈던 부정적인 감정들이 희미해져 갔다. 시골이라 그런지 이전 동네에 비해 방이 몹시 추워서 몸이 으슬으슬 떨렸다. 분명 이 상태로 자게 되면 얼어죽을지도 모른다.

대체 몇 시간이나 잤을까

머리가 울렸다.

"아……. 머리야……. 지금 몇 시지?"

저녁 7시 2분이다. 겨울이라서 그런지 7시밖에 안 되었는데도 어둑어둑하다. 보일러를 틀고 잔 덕에 몸에 따뜻한 온기가 머물렀다. 형광등 줄을 세게 잡아당겼다.

끽- 끽-

'줄을 두 번 잡아당겨야 불이 켜지는구나.'

줄을 잡아당길 때 들리는 끽, 끽 소리가 이 집에 사람이 안 산 지 오래되었다는 걸 말해 주는 것 같았다. 그마저도 형광등 한 쪽에 불이 나가서 방 안이 조금 어두웠지만 움직이는 데에는 큰 지장이 없었다. 그렇게 불을 켜고 아무 생각 없이 천장을 바라보는데 밖에서 인기척이 들렸다. 발자국 소리가 점점 크게 들리더니 곧 문 두드리는 소리가 들렸다.

똑 똑 똑

"누구세요?"

"청신경 종양 판정받은 사람인디. 기억하려나?"

"밖에 엄청 추우실 텐데 죄송해요. 제가 누군지 몰라서 문을 안 열었는데 아주머니셨네요. 그런데 무슨 일로 여기까지 오셨나요?"

"다름이 아니고 오늘 학생 이사 온다고 바빠서 저녁 안 챙겨 먹을까 봐 반찬 몇 개 들고 왔는데 먹을 거지?"

그러고 보니 슬슬 저녁 먹을 시간이었다. 점심도 부실하게 먹어서 뒤늦은 배고픔이 밀려왔다. 마침 저녁에 먹을 것도 없었는데

"아주머니, 감사해요."

집 밥이라, 몇 년 만에 먹어 보는 것인가.

어쩌다 보니 서울에 있는 대학교에 합격해서 혼자 자취를 시작했다. 끼니도 처음에는 부모님의 당부처럼 꼬박꼬박 챙겨 먹었는데 갈수록 챙겨 먹는 것도 귀찮아 시켜 먹든가 아님 냉동식품으로 끼니를 때웠다. 부모님이 대학 등록금을 다 댈 수 없다는 걸 누구보다도 알기에 아르바이트를 2, 3개씩 했다.

'고등학교 때 미친 듯이 공부하고 대학교 가서 미친 듯이 놀아라'

선생님들의 말은 다 거짓이었다. 물론 대학교에 가서 미친 듯이 노는 사람들도 있지만 나는 그럴 수 없었다. 친구들은 여기저기 놀러 가기 바빴고, 나는 돈 벌기 바빴다.

늘 서러웠지만 꾹 참고 버티며 일했다. 끝까지 버티다 보면 성공

할 수 있을 것이라 믿으며 버티고 버텼는데 지금의 내 모습은 무엇이란 말인가?

아, 갑자기 눈물이 쏟아졌다. 너무 화가 났다. 이럴 거면 참지 않았어. 이럴 거면…. 이럴 거면…….

마치 흐르는 물에 조금씩조금씩 돌을 쌓아올리며 물이 흐르지 않도록 막았는데 그 돌들이 시간이 지나 균형을 잃고 무너져 돌 때문에 막혀 있던 물이 갑자기 미친 듯이 흘러나오는 것처럼.

아주머니는 놀라며

"학생? 왜 울어요?"

아무 말도 들리지 않는다. 그냥, 그냥 처음으로 내 감정을 숨기지 않고 있는 그대로 표현하고 싶었다. 더이상 힘들어도 괜찮은 척하고 싶지 않다. 아주머니는 아무 말 없이 나를 안았다. 오랜만에 느껴보는 사람 품의 따스함. 보일러의 따스함하고는 차원이 달랐다. 아주머니는 묵묵히 등을 쓰다듬어 주셨다. 포근하고 따스하게.

광수네 어머니

너무 울어서인지 눈이 팅팅 부었다. 숟가락이 어딨더라….

차가운 숟가락을 부은 눈 위에 갖다댔다. 조금 차가웠다.

그렇게 몇 분 정도 있었던가, 어제 먹다 남은 반찬으로 아침을 간단히 챙겨 먹었다.

아침을 다 먹고 난 뒤, 빗자루로 집을 쓸고 반찬을 담았던 통을 뽀득뽀득하게 설거지 한 후 간단히 세수와 양치질을 하고 반찬 통을 갖다드리기 위해 집 밖으로 나섰다. 이른 아침이라 그런지 상쾌하게 코끝이 시려 왔다.

그런데 잠깐, 아주머니 댁이 어디지.

정말 일찍 깨달은 사실이다. 그렇다고 오실 때까지 집에서 기다리고 있을 수도 없는 노릇이었다.

마을 사람들에게 물어보기 위해서 주변을 둘러보는데 마침 저기 좁은 골목길에서 지팡이를 짚으며 걸어가는 허리 굽은 할아버지를 발견했다.

"안녕하세요, 할아버지. 어제 이사 온 저기 위에 사는 사람이에요. 다름이 아니라 제가 이 동네에 사시는 아주머니 한 분을 찾고 있는데 머리가 뽀글뽀글하고 또…, 키는 저보다 조금 작은데 혹시 아시나요?"

할아버지는 느긋하게 말씀하셨다.

"학생, 그런 사람이 이 동네에 한두 명이 아니구먼. 뭐 다른 특징 같은 거 없소?"

특징…. 또 다른 특징이라….

"아, 그 아주머니께서 귀가 잘 안 들리신다고 하시던데."

"귀가 잘 안 들려? 광수네 엄만가? 내 생각엔 학생이 광수 엄마 찾는 거 같은데 그 집으로 가려면 저기 보이는 흙길을 따라서 쭉 걸어가다 보면 초록색 지붕 집이 있을 거여, 거기가 광수네 엄마 집이요."

광수네 엄마? 일단 할아버지의 말씀대로 움직이기로 했다. 어? 이 길은 처음에 지름길이라 생각했던 흙으로 덮인 길이다.

'아……. 이 길로 가도 진미동이 나오는구나'

흙으로 덮인 길이라 그런지 낡은 운동화에 흙이 다 묻었지만 훌훌 털고 걸음을 재촉했다. 초록색 지붕이라고 했던가? 저기 눈에 튀는 초록색 지붕의 집이 보인다. 집 안으로 들어가니 아주머니가 보였다. 이른 아침부터 일어나 마당을 쓸고 계셨던 아주머니는

"아이고 학생, 내가 여기 사는지 어떻게 알았대? 추운데 반찬통 주려고 여기까지 왔나 보구먼. 안 그래도 좀 있다 가려고 했는데."

"아니요, 그럴 순 없죠."

"착하기도 해라. 추울 텐데 몸도 녹일 겸 들어와요."

거절하기도 뭐 해서 조금만 들어가 있기로 했다. 아주머니께서는 부엌으로 가시더니 양손 가득 약과를 가지고 오셨다.

"오랜만에 집에 손님이 왔는데 줄 게 없네. 약과 좋아하죠?"

"네."

"그래 학생, 반찬은 맛있었고?"

"네, 정말 맛있어요. 감사합니다."

"뭘 그렇게까지 감사하다고 해요. 앞으로 반찬거리 없으면 자주 우리 집 와요. 어차피 집 올 사람도 없는데 학생이라도 자주 와서 말동무가 되어 주면 얼마나 좋아."

"네, 자주 놀러 올게요."

"근데 학생은 내가 여기 사는 거 어떻게 알았어?"

"아, 주변에 계시던 할아버지께 여쭤보았는데 광수네 엄마인 거 같다면서 이 집에 가보라고 하셔서 왔어요."

"그랬구나……. 광수네 엄마라……."

"광수라는 분은 아주머니 같은 어머니가 계셔서 부러워요. 저는 어릴 때 부모님께서 ㄷ……."

"광수는 죽었어."

아주머니는 담담하게 말하지만 금방이라도 눈물이 떨어질 것만 같았다. 나는 괜한 소리를 한 거 같아 아무 말 없이 고개를 떨어뜨렸다.

"광수가 죽은 지 한 2년 정도 지났을 거야. 처음엔 아들이 죽었다는 소리를 듣고도 믿지 못했어. 현실을 부정했지. 근데 부정하면 뭐 해? 죽은 건 사실인데. 아무리 부정해도 현실은 현실이야. 체념했지. 5년 전에 남편을 잃고, 마지막 희망이었던 광수까지 잃어버렸어. 내 아들, 엄마한테 첫 월급 타서 선물 사 주겠다고 말한 게 엊그제 같은데…."

아주머니는 땅바닥만 보며 말했다.

"착한 분이 왜 그렇게 빨리…."

"사고가 있었어. 그것도 첫 월급 타던 날에. 엄마 선물 사주려고 매장에 갔겠지. 그런데……. 그런데……. 집으로 오는 길에 교통사고가. 난 전화기 같은 것도 없어서 바로 소식을 듣지 못했지. 아들이 죽은 지 하루 좀 지났을 무렵 경찰관들이 말해 주더라고."

눈가가 촉촉해졌다. 왜 착한 사람들은 늘 빨리 죽는 걸까? 영화에서든 드라마에서든 현실에서든.

"경찰관들이 무슨 상자를 줬는데 처음엔 유품인가 싶어서 열어 봤는데……. 열어 봤는데……. 그 상자 안에는……. 상자 안에는……."

아주머니는 울었다. 어제 아주머니가 하셨던 것처럼 아주머니를 안아 주었다.

"아주머니 더이상 안 말해도 돼요. 고생 많으셨어요. 분명 광수 씨도 좋은 곳에 가서 잘 지내고 있을 거예요. 너무 슬퍼하지 마세요."

아주머니는 그렇게 하염없이 우셨다.

어느 정도 시간이 지났을까, 아주머닌 부엌으로 가셨다.

"아주머니, 저 이만 가 볼게요. 자주 와서 말동무가 되어 드릴 테니 몸조심하세요."라고 말하고 대문을 나섰다. 아주머니는 급하게 나오시더니 방금 담은 듯한 반찬을 쥐어 주셨다.

"아주머니, 이제 안 주셔도 돼요. 제가 너무 죄송해서……."

"학생, 그냥 받아. 어쩌면 마지막 선물일 수도 있는데. 다 먹고 그

릇은 들고 오지 말고, 학생이 가지고 있어."

나는 아주머니가 준 따뜻한 반찬통을 안고 집으로 갔다.

며칠 후 잘 먹었다는 인사도 할 겸 아주머니 댁으로 갔다.

"아주머니? 아주머니?"

아무리 불러도 대답이 없다. 불안한 마음에 집 안으로 들어가 보니 언제 사람이 살았냐 싶게 방 안 가득 냉기가 흘렀다. 마침 길 가에 앉아 햇볕을 쪼이던 할머니께

"안녕하세요, 혹시 이 집에 살고 계시던 아주머니 어디 가셨나요?"

"아 여기 살던 아줌마, 예전부터 귀가 안 좋다고 했는데 결국 어제 치료받는다고 서울에 있는 큰 병원에 간다고 하던데."

아, 가셨구나. 그래서 반찬통 안 들고 와도 된다고 하셨구나…….

"근데 그 아줌마가 받는 수술이 엄청 위험하다던데, 목숨 걸고 해야 하는 거라나 뭐라나."

집으로 돌아가는 길.

어쩐지 마음 한편이 먹먹했다. 마음이 무거웠다. 아주머니도 분명 알고 계실 것이다. 수술이 얼마나 위험한지. 그래서 지금까지 계속 미뤘을 것이다. 반찬통을 보니 괜스레 아주머니가 요리하는 모습이 떠오른다. 아주머니는 분명 잘 이겨 낼 수 있을 것이다. 언제 수술이 끝날지, 수술이 성공적으로 끝날지. 그 누구도 알 수 없지만 난 아주머니를 기다릴 것이다.

짧았지만 그동안 감사했습니다, 광수네 어머니.

비닐봉지 할머니

오늘은 웬일인지 눈이 일찍 떠졌다. 일찍 일어나면 아침에 볼 구경거리가 많다. 원래 같으면 조금 더 잠을 잤겠지만 오늘은 왠지 창밖을 구경하고 싶었다. 매일 이른 아침 6시가 되면 오래되어 보이는 오토바이를 끌고 익숙한 듯이 신문 배달하는 옆 동네 아저씨. 매일 동네 한 바퀴 돌며 요구르트 나눠 주시는 아주머니까지. 부지런한 사람들이 많다.

내가 사는 집은 동네 어르신들이 자주 다니시는 진미산 앞에 있다. 그래서 종종 눈이 일찍 떠질 때마다, 진미산으로 운동가는 어르신들을 구경하곤 한다. 그중에서 특히 눈에 띄는 할머니 한 분이 계셨다.

할머니는 늘 한쪽 손에 무엇인가 든 검은색 비닐봉지를 들고 진미산에 올라가셨다. 할머니는 산에 올라갔다가 내려오실 때에는 들고 올라가셨던 검은색 비닐봉지가 온데간데없고 빈손으로 내려오시기 때문이다.

오늘도 어김없이 검은색 비닐봉지를 들고 산에 올라가신다. 집에 있으면 심심하기도 하고, 할머니 말동무가 되어 볼까 싶어 얼른 할머니 곁에 섰다.

"안녕하세요, 할머니. 저는 저기 밑에 보이는 집에 살고 있어요."

"그려."

할머니는 전혀 관심이 없는 눈치다.

"아침 일찍부터 운동하시고 정말 부지런하시네요."

"그려."

"매일 등산하시나 봐요?"

"그려."

더이상 대화를 이어나가지 못했다. 적막한 분위기 속에서 할머니와 나는 정상을 향해 걸었다.

"아가씨는 어디서 왔소?"

"아, 서울 부덕동에서 살다가 왔어요."

"부덕동? 부덕동이라면 뉴스에서 들어 본 거 같기도 한데……. 근데 거기 살던 사람이 왜 여기 와서 살고 있소?"

"아 다니던 회사가 그만 부도가 나서 돈이 없어요. 당장 살 곳을 찾아 집값이 싼 진미동으로 왔어요."

"젊은 나이에……. 벌써부터 인생의 쓴맛을 경험해 버렸구먼."

인생의 쓴맛이라. 뭔 맛인지 어렴풋이 알 것 같았다.

"그래, 지금은 일자리는 구했고?"

"아니요. 구하려고 노력 중인데 마땅히 없더라고요."

"그렇겠지. 이 동네에는 나 같은 늙은이밖에 살지 않는데 아가씨 같이 젊은 사람이 할 만한 일이 없는 게 당연해."

"……."

"아가씨 정 일자리 구하고 싶으면 여기서 한 20분 정도 걸으면 과원동에 새로 지은 동사무소가 있어. 가서 아직도 직원 구하냐고 물어봐 봐."

그동안 일자리 찾는다고 스트레스를 많이 받았는데 뜻밖에 좋은 정보를 얻었다.

"감사합니다, 할머니. 좀 있다 내려가서 알아보도록 할게요."

"그려."

"그런데 할머니 손에 들고 계시는 비닐봉지는 뭐예요?"

"아, 비닐봉지에도 신경을 쓰다니. 아가씨, 관찰력이 좋은 거 같구먼. 안에 별건 안 들었고……."

할머니는 주섬주섬 비닐봉지를 묶은 매듭을 풀이 안에 있는 내용물을 보여 주었다.

"고양이 참치 캔이여. 별거 없지? 이 동네 슈퍼에 파는 애완용 음식은 저거 고양이 참치 캔밖에 없더라고."

"요기 주변에 고양이가 사나 봐요?"

"그려. 이제 곧 보일 때가 됐는데……. 딸랑아, 어디 있니? 할머니 왔다."

할머니가 주변을 돌아다니며 '딸랑아' 하고 부르자

"야옹"

고양이가 나타났다. 귀여웠다. 고양이는 앞발을 위로 들어 얼굴을 닦기 시작했다.

"딸랑이, 이제 세수하는 거야?"

고양이를 보는 할머니의 시선엔 미소가 가득했다.

"할머니, 고양이 좋아하시나 봐요?"

"좋아하지. 근데 어릴 적에는 고양이 별로 안 좋아했어. 하도 밤에 '야옹'거려서 얼마나 밤잠을 설쳤는데. 내가 딱 아가씨 나이쯤일 때, 부모님 두 분 다 돌아가시고 5살 정도 차이 나는 남동생과 둘이 살았어. 나와 동생 모두 대학교를 다닐 수 없어서 내가 포기했어. 그래도 고등학교까지는 졸업했어. 열심히 일해서 부모님께 보답하고 싶었어. 친구들이 대학교 다니며 한참 연애할 때, 나는 공장에 들어가서 하루 종일 일했지. 놀고 싶었지만 참았어. 지금 놀면 동생과 난 길바닥에 누워 자야했거든. 묵묵히 참고 일했지. 첫 월급 타던 날 부모님께 선물을 드렸어. 엄청 좋아하셨어. 그후 두 분 다 병이 악화되어 수술해도 가망이 없다고 하더라고……. 겨우 남동생을 대학교까지 보냈지. 동생은 대학교 졸업 후, 안정된 직업을 가졌어. 동생이 잘 되서 행복했어. 근데 어느 날부터 동생과 연락이 되지 않았어. 연락이 올 줄 알았는데, 허무하더라고. 내가 얼마나 뒷바라지 한다고 힘들었는데, 난 적어도 고맙단 말 한마디 정도는 듣고 싶었는데."

"동생이라는 분 정말 나쁜 사람이네요. 어떻게 고맙다는 말 한마디도 없이."

"처음엔 허무하고 동생이 밉고 그랬는데 지금 생각해 보면 동생에게도 무슨 말 못할 사정이 생겼을 거야. 그렇게 믿고 싶은 걸 수도 있고."

"그럼 할머니께선 지금 동생이 살았는지, 죽었는지도 모르겠네요."

"그려. 어디선가 잘 살고 있겠지. 잘 살고 있으면 좋겠네. 죽기 전에 한 번쯤은 만나 보고 싶은데. 처음이자 마지막 소원인데……."

할머니의 말씀을 듣고 있으니 마음이 찡했다. 나는 그 누구보다도 할머니께서 살아오신 삶을 이해할 수 있었다. 나도 할머니처럼 버티고, 참으며 살아왔기 때문이다. 열심히 누군가를 위해 살아왔지만 '고맙다.'는 말 한마디도 못 들은 할머니께 진심을 담아

"할머니, 감사합니다. 그리고 정말 수고 많으셨어요."

"아가씨가 고맙긴 뭐가 고마워요."

할머니는 애써 눈물을 감추고 웃었다. 고양이가 참치 캔을 먹는

모습을 내내 지켜보셨다. 집으로 돌아오는 길에 눈물이 흘렀다. 왜 눈물이 나는 걸까.

할머니는 동생을 위해 참고 양보하고 남을 위한 삶을 살았는데 겨우 대가가 이거라니. 화가 났다. 집에 도착해서도 분을 참지 못했다. 할머니는 고양이를 유일한 친구라고 생각했을지 모른다. 사람은 정을 줘도 마음에 들지 않으면 배신할 수 있다. 하지만 고양이와 같은 동물들은 비록 말은 하지 못하지만 한번 정을 주면 떠나가지 않는다.

할머니는 어린 나이에 부모님을 잃고 혼자 동생을 보살펴야 한다는 부담감 속에서도 나쁜 생각 하지 않고 묵묵히 일하며 살았다. 내일 또 할머니의 말동무가 되어 드리기 위해 아침 일찍 일어나 진미산 앞에서 기다려야지. 할머니를 만나면 안아 드릴 것이다. 그리고 말해야지.

"할머니, 정말 수고 많으셨어요."

허리 굽은 할아버지

광수네 아주머니가 주신 반찬을 다 먹고 찬거리를 사러 동네 슈퍼에 갔다. 아마 여기 오고 처음 가지 싶다.

'딸랑-' 거리는 소리와 함께 문을 세차게 열고 들어갔다. 계산대처럼 보이는 곳에 앉아서 난로를 쬐며 신문을 보고 계시던 할아버지가 나를 보더니 알은 체를 했다.

"오늘 아침은 간단히 라면 끓여먹어야지."

라면 코너를 찾는데 슈퍼 구석진 곳에 애완용 참치 캔이 수두룩 쌓여 있는 것을 발견했다. 왠지 모르게 반가웠다. 좋아하는 라면 2봉지를 들고 계산대에 섰다. 할아버지는 신문을 보느라 내가 계산대

앞에 선 줄 몰랐다. 나는 나오지도 않는 헛기침을 했다. 그러자 할아버지는 흠칫 놀라더니 방금까지 보던 신문을 다리 위에 올려 놓고

"라면 2봉지면 총 1600원 아니 1500원인가. 그냥 1500원 주쇼."

할아버지께 1500원을 건네며 눈이 마주쳤는데 왠지 모르게 낯이 익었다. 어디서 뵈었더라? 아, 기억났다. 저번에 아주머니 집이 어딘 줄 아시냐고 물었을 때 가르쳐 주신 할아버지이다.

"저번에 광수 엄마 집 어대냐고 물어봤던 학생이죠?"

"네. 맞아요."

"그래, 찾고 있었던 집이 맞았고?"

"네. 덕분에 잘 찾아갔습니다. 감사합니다."

"감사하긴. 내가 이 마을에 몇 년이나 살았는데. 우리 동네 사람들 얼굴만 봐도 어디 사는지 다 알아. 다음에도 궁금한 거 있으면 물으러 와요. 내가 우리 동네에 대해서는 박사여."

라면으로 간단히 아침을 먹고 설거지를 하려고 수세미에 퐁퐁을 짜려고 하니 어? 퐁퐁이 나오지 않는다.

아. 다 써 버렸구나.

방금 갔다 왔는데

또 가게에 가야 한다. 좀 전에 슈퍼에 갈 때보다 조금 더 빠른 걸음으로 걸었다. 슈퍼에 도착해서 문을 열려고 하니 열리지 않았다. 유리창이라 안을 보았더니 계산대에 계시던 할아버지가 보이지 않는다.

잠깐 외출하신 모양이다. 돌아갔다가 다시 오기 귀찮아서 슈퍼 앞에 있는 작은 테이블에 앉아 할아버지를 기다렸다.

30분 정도 지났을까.

할아버지는 지팡이를 짚으며 걸어왔다. 굽어진 등을 최대한 펴고 슈퍼 문을 힘겹게 열었다.

"학생, 기다린다고 많이 지겨웠지?"

"아니요. 구경하면서 기다려서 그런지 많이 지겹진 않아요."

"그럼 다행이고. 방금 전에 오지 않았던가?"

"설거지하려고 보니 세제가 다 떨어져서 다시 왔어요."

"진미동에는 슈퍼가 여기밖에 없어서 힘들제?"

순간 나도 모르게 '네'라고 대답할 뻔했다.

"아니요. 좀 멀긴 하지만 운동한다 생각하고 와서 괜찮아요. 또 웬만한 것들이 슈퍼에 다 있어서 전혀 불편하지도 않고요."

"다행이구먼. 사실 이 가게 물려받았어. 가게가 동네구석에 있는 거 같아서 가운데로 옮기려고 했는데 돌아가신 아버지가 절대 가게 위치만은 바꾸지 말라고 하셔서 몇 십년째 그대로 있지."

"그럼 몇 년째 할아버지께서 가게를 운영하고 계세요?"

"내 나이가 20대쯤부터……. 그냥 화장실 가는 거 빼고는 인생 대부분을 여기 계산대에 앉아 있었다고 해도 과언이 아닐세."

할아버지의 허리가 굽은 데는 다 이유가 있다. 매일 저 자리에 앉아 수십 년 동안 가게를 지켜 왔는데 허리가 굽지 않을 수 있을까.

"할아버지 혼자서 이 가게를 운영하세요?"

"아버지께 물려받고 나서는 혼자 운영하다가 결혼하고 자식도 낳으면서 집사람이랑 같이 가게를 운영했는데 집사람은 먼저 떠나가고 잠깐 자식들이랑 운영하다가 지금은 혼자야."

"자식들은 각자 일자리를 찾아갔나요?"

"맞아. 아들 1명, 딸 2명인데 자기들은 이런 낡고 허름한 슈퍼 물려받기 싫다며 일자리를 찾아 서울로 떠났어. 한 달에 한 번씩 내려오긴 하지만 나도 이런저런 걱정이 많다네. 내가 죽으면 이 가게는 어떻게 해야 할지. 몇 년 동안이나 진미동 주민들의 생활을 책임지던 곳이었는데. 문을 닫으려니 왠지 모르게 죄책감이 들구먼. 가게가 만약 문을 닫으면 마을 사람들은 당장 어디서 장을 봐야 하는지."

"그러네요. 마을 사람들이 어디서 장을 봐야 할지."

"그것도 그렇지만 나같이 동네 슈퍼 운영하는 사람들도 고민이 많을 것이여. 만약 우리 동네에도 대형마트나 편의점이 들어서면 가게를 찾는 손님들은 줄어들 거고 파리만 날리겠지? 그때쯤이면 맘 편히 가게 문을 닫을 수 있을 텐데……. 학생도 우리 동네에 그런 편의시설이 생기면 괜히 먼 여기까지 안 와도 되잖어?"

선뜩 대답할 수 없었다. 진미동에 대형마트나 24시간 편의점이 생기면 이곳까지 오진 않을 테니깐.

그저 계산대만 바라보았다.

"아이고, 내가 또 괜한 소리를 한 거 같네. 너무 당연한 걸 물었어. 누구나 더 좋은 시설에서 더 좋은 서비스를 받고 싶겠지. 그래 당연한 거야. 당연한 거. 저기 학생."

"변화하는 세상이 너무 무섭다네. 동네 슈퍼도 이젠 다 사리지고 편의점이나 대형마트로 대체 되겠지? 동네 슈퍼는 아마 설 자리가 점점 없어질 거고, 시장도 이제 곧 없어질 걸. 요즘 같은 세상에 누가 장을 봐. 다들 여름엔 시원하고 겨울엔 따뜻한 마트에나 가겠지. 아니면 집에서 손가락만 바쁘게 움직이며 인터넷으로 배송을 시키던

가. 요즘 세상은 참 편리해서 학생은 좋겠어."

"가게 문을 닫으면 한편으로는 다행이라고 생각하겠지만 솔직히 나는 슬플 것 같네. 내 집과도 같았던 이 가게……."

"할아버지, 진미동에 편의점처럼 편리한 시설이 들어와도 저는 여기 슈퍼만 들를 거예요. 마을 사람들도 여기를 더 좋아할 거예요. 그동안 묵묵히 여기서 자리 지키셨잖아요."

"말이라도 그렇게 해줘서 고맙네, 학생. 긴 이야기 들어줘서 고맙네. 답례로 뭘 주면 좋을까?"

할아버지께서는 굽은 허리를 피시며 일어나시더니 앞쪽에 진열되어 있는 물건들을 쭉 둘러본 후, 껌 하나를 주셨다.

"오래오래 씹으라고 주는 거여. 단물이 다 빠져도 씹으라고."

왠지 마음이 무거워져 한 손에 주방세제를 들고 할아버지가 준 껌을 씹으며 집으로 갔다. 단물이 다 빠져도 계속 씹었다.

버리지 않고.

청년

추운 겨울이 끝나고 봄이 찾아왔다.

다를 것 없는 평범한 일상들.

아, 달라진 게 하나 있다면 저번에 할머니께서 말한 과원동에 있는 동사무소에 근무하게 되었다. 근무한 지 일주일밖에 지나지 않았지만 근무환경도 좋고 무엇보다 적성에 맞았다.

이른 아침 출근하기 위해 버스정류장으로 갔다. 도중에 '이삿짐센터'라고 쓰인 트럭이 마을로 들어서는 걸 보았다.

'누가 진미동으로 새로 이사 오나 보다'라고 대수롭지 않게 생각하고 가던 길을 향했다.

퇴근길에 지친 몸을 이끌고 동네 슈퍼로 향하던 중, 불이 유난히도 밝게 켜진 집 한 채가 있었다.

'원래 저 집에 사람이 살았나?' 생각했지만 맥주를 먹을 생각에 금방 잊었다.

딸랑-

"여기 맥주 한 캔이요."

"맥주 한 캔…. 2500원…. 아니 2600원인가? 그냥 2500원 주쇼."

"저기, 그런데 할아버지, 원래 이 시간에 저기 집이 저렇게 밝았나요? 사람이 안 사는 집인 줄 알았는데."

"글쎄, 아가씨가 말하는 집이 어딘지 잘 모르겠네. 그러고 보니 오늘 동네에 누가 이사 온 거 같던데. 아가씨는 봤어?"

어렴풋이 오늘 아침에 봤던 이삿짐센터 트럭이 떠올랐지만 모른 척했다.

"아니요."

그러고는 맥주가 든 검은 비닐봉지를 들고 집으로 향했다.

봄이 아무리 다가왔다 해도 추워서 집으로 가는 걸음을 재촉했다. 집에 도착해 따뜻한 물로 샤워를 하고 어제 화로에 넣어두었던 고구마를 꺼내어 먹었다. 그리고 텔레비전 앞에 앉아 재밌는 예능 프로그램을 보다보니 시간이 훌쩍 지났다.

밤 10시 정도였나? 밖에서 똑똑똑 문 두드리는 소리가 들렸다.

"누구세요?"

"안녕하세요. 오늘 새로 이사 왔습니다. 떡 드리려구요"

"아, 지금 시간도 늦었는데 괜히 저 때문에."

"아니에요. 그럼 맛있게 드시고 앞으로 잘 부탁드려요."

"네."

나는 차가운 떡을 전자레인지에 데우고 콩을 빼고 난 후 먹었다. 밤 11시가 다 되었을 무렵에야 맥주를 사왔다는 사실을 깨달았다.

맥주가 미지근해졌다. 왠지 쌀쌀한 밤공기를 마시며 맥주를 마시고 싶어졌다. '어디서 먹을까?' 마땅한 장소가 떠오르지 않았다. 그래서 그냥 집에서 먹을까 생각하던 찰나에 동네 슈퍼 가는 길에 정자가 있다는 사실이 떠올랐다.

정자에 거의 도착했을 무렵,

"어? 안녕하세요?"

아까 그 남자다. 남자도 정자에 앉아 맥주를 마시고 있었던 모양이다.

"맥주 드시러 오셨나 봐요? 아직 밤이 추워서 그렇게 얇게 입고 다니면 감기 걸리실 텐데."

"아……."

어색한 분위기가 싫어 금방 자리를 뜨려고 했지만

"맥주 드시러 나오신 거 같은데 같이 드실래요? 저도 혼자 먹으니 심심해서 슬슬 지루하던 참이었는데."

지금 내 모습은 누가 봐도 맥주 마시러 나온 것이라 딱히 거절할 말도 생각나지 않고 거절한다면 영영 불편한 사이가 될 것 같아

"그럴까요?"

"여기 맥주 마시러 종종 오시나 봐요?"

"아니요. 저도 오늘 여기 처음 와보는 거예요."

"아, 그러시구나."

금방 대화가 끊겼다. 남자가 먼저 말을 걸었다.

"여기는 어쩌다가 오시게 되었어요?"

"회사가 부도가 나서 집값이 싼 곳을 찾다 보니 여기로 오게 됐어요."

"아, 그러시구나."

"그쪽은 어쩌다가 오게 됐어요?"

"말하자면 좀 긴데 얘기해 드릴까요?"

살짝 고개를 끄덕였다.

"전 원래 강원도에 살았어요. 강원도 아시죠?"

"네, 당연하죠."

"고향을 떠나 취직하기 위해 서울로 왔어요. 처음엔 서울에 대한 로망도 있고 얼른 시골을 떠나고 싶었는데 막상 와보니 생각한 거랑 많이 다르더라고요. 재작년 여름인가. 평소와 다를 것 없이 출근하려고 지하철 계단을 내려가던 중에 쓰러졌어요. 일어나니 병원이더라고요. 의사 선생님 말을 들어보니 갑자기 심한 심장발작이 와서 쓰러졌다고 하는데 조금만 더 늦었으면 죽었을 수도 있었다고 하더라고요."

"천만다행이었네요."

"그렇죠. 그런데 나리 씨."

나리 씨…? 순간 흠칫 놀랐다. 이 남자에게 이름을 가르쳐 준 적이 없었다.

"나리 씨? 제 이름을 어떻게 아셨어요?"

"아, 제가 오늘 떡 돌리면서 어르신들께 저기 사시는 분은 언제쯤 들어오시냐고 물어보니 나리 씨 집 말하는 거냐면서. 그래서 아, 이름이 나리구나 생각했어요. 혹시 싫으시다면…."

"아니 괜찮아요. 그냥 제 이름 알고 계신 거에 놀라서 그랬어요. 신경 안 쓰셔도 돼요."

"저만 이름을 알고 있으면 불공평하니까 제 이름도 알려 줄게요. 저는 유현석이라고 해요."

"아, 현석 씨구나."

밤공기는 계속 불어오고 정적이 또 찾아왔다.

"제가 아까 어디까지 말했죠?"

"그런데 나리 씨까지 말했어요."

"아, 고마워요. 그래서 나리 씨, 나리 씨는 사람이 죽어서 영영 이 세상을 떠난다고 생각하시나요?"

"네?"

순간 잘못 들은 줄 알았다.

"나리 씨는 사람이 죽으면 영혼이 계속 세상을 떠돌 수 있다고 생각해요?"

"뭐라 대답하긴 그렇지만, 저는 사람이 죽으면 거기서 끝이라고 생각해요. 더도 없고 덜도 없는 거죠. 그냥 거기서 끝. 예전에 돌아가신 어머니께서 그런 것들이 이 세상에 존재한다고 말씀하셨는데 전 전혀 믿지 않았어요. 눈에 안 보이는 걸 어떻게 믿어요. 수능 끝나고 학교에 가면 선생님들께서 영화를 보여 주셨는데 국어 선생님께서 무서운 영화를 보여 주시더라고요. 친구들은 비명을 지르기도 하고, 우는 친구도 있었어요. 저는 귀신 나오는 무서운 영화를 볼 때마다 '저런 게 뭐가 무섭다고 저렇게 호들갑을 떨지?' 생각했어요. 물론 지금도 그렇지만. 현석 씨, 전 귀신보단 사람이 더 무서운 존재라고 생각해요. 뉴스만 틀면 나오는 살인사건, 미제사건 그런 건 귀신이 아니라 사람이 저지른 일이잖아요. 귀신보단 사람이 더 무서운 존재예요."

"네. 나리 씨 말이 옳아요. 사람이 더 무섭죠."

"갑자기 말하고 나니 무서워졌어요."

"그래도 저랑 같이 있으니 덜 무섭잖아요. 그렇죠?"

"네, 그러네요."

처음 이 남자를 봤을 땐, 왠지 모르게 싸한 느낌이었지만 이렇게 대화를 하다 보니 편했다.

"나리 씨는 무슨 일해요?"

"저는 과원동이라고 여기 주변에 있는 동네인데 거기에 있는 동사무소에서 일하고 있어요."

"그러시구나."

"현석 씨는 무슨 일하고 계세요?"

"저는 그냥 이런저런 일하고 있어요."

"현석 씨 부모님은 현석 씨가 여기 있는 거 알고 있어요?"

"아, 부모님은 작년에 돌아가셨어요. 부모님 두 분 다 건강한 편이었는데, 재작년 여름에 형이 심장발작으로 죽었어요. 저도 크게 충격을 받았지만 부모님은 특히 더 심하게 충격을 받았지요."

"형은 분명 좋은 곳에 갔을 거예요."

"그랬으면 좋겠네요. 형이 죽고 나서 부모님은 매일 밤 우셨어요. 지금도 가끔 돌아가신 부모님의 울음소리가 귓가에 맴도는 거 같아요. 오늘도 자려고 누웠는데 또 들리더라고요. 너무 괴로워서 오랜만에 밤공기를 마시고 싶다는 생각에 나왔는데 마침 나리 씨가 저기서 맥주 캔을 들고 오더라고요."

"그런 사연이. 사실 저도 부모님 두 분 다 돌아가신 지 꽤 됐거든요. 같은 처지네요."

"그러네요."

"저는 외동이라 의지할 곳도 없었어요. 그래도 남들보다 더 나은 삶을 살기 위해, 차별받지 않기 위해 두 배, 아니 세 배는 더 노력했어요. '나는 부모님 없이도 혼자서 이렇게 잘 컸다'고 떳떳하게 말하고 싶었어요. 그래서 더 이를 악물고 열심히 살았던 거 같아요."

"나리 씨, 대단하네요. 역시 사람은 겉만 보고 판단해선 안 된다는 아버지의 말씀이 맞군요."

"응? 뭐라고?"

"장난이에요, 장난. 그러고 보니 자연스럽게 반말 쓰셨네요. 우리 이제 말 놓을까요, 나이 차이도 별로 안 날 거 같은데."

"92"

"네?"

"전 92년생이라고요. 그쪽은요?"

"아, 저는 90년생. 제가 2살 더 많네요. 그래도 우리 이제 반말 써요."

다음 날, 점심 때가 돼서야 일어났다.

시간을 보고 흠칫 놀랐지만 주말이라는 사실을 깨닫고 다시 이불을 덮었다. 다 기억나진 않지만 어제 엄청 많이 웃었던 것 같다. 내가 원래 이렇게 잘 웃는 사람이었나?

똑똑똑- 문 두드리는 소리가 들렸다.

"누구세요?"

"나리 씨, 나야 나."

아, 현석 씨인가 보다. 그런데 우리 집은 무슨 일로.

"아, 안녕하세요. 근데 어쩐 일로 여기까지 오셨어요?"

"우리 오늘부터 반말 쓰기로 했는데 기억 안 나?"

아 참, 그러고 보니 그러네. 반말을 쓰자니 뭔가 모르게 오글거리고 말문이 막혀 왔다.

"아니, 기억나. 근데 여기는 무슨 일로 왔어?"

"무슨 일이라니, 어제 네가 동네 구경시켜준다고 했잖아."

내가? 내가 그런 말을 했다고?

어제 분명 맥주 한 캔밖에 안 마셨는데. 아무리 주량이 약하다지만 그 정도 먹고 취할 리는 없는데.

"글쎄, 어제 나리 씨가 동네 구경시켜 준다 해서 이렇게 차려 입고 왔는데 막상 나리 씨는 자기가 무슨 말 했는지 기억도 못하고."

"동네 구경시켜 주면 되잖아요. 그죠? 그리고 약속 어겨서 미안하지만 이제 반말 안 쓰면 안 될까요? 불편하고 어색해서 그래요."

"저도 어색하긴 했어요. 그래요, 그럼. 3시에 어제 그 정자에서 봬요."

동네 구경시켜 주는 건데 편하게 입고 가지 뭐. 약속장소로 가던 중, 길에 예전엔 보지 못했던 예쁜 꽃들이 피었다. 누가 봐도 눈에 띄는 흰 국화 한 송이와 알록달록 예쁘게 펼쳐진 안개꽃. 꽃을 구경하다 저기 멀리서 뛰어오는 현석 씨를 보았다. 괜스레 장난이 치고 싶어져 재촉했다.

"빨리 와요, 빨리."

급하게 뛰어온 듯, 가쁜 숨을 뱉고 내쉬며 심호흡을 했다.

"왜 이렇게 늦게 오셨어요? 약속시간은 현석 씨가 정해 놓고."

"오는 길에 고양이 한 마리가 좁은 길 중간에 앉아 도무지 일어날 생각을 안 하더라고요. 제가 고양이 엄청 무서워하거든요. 그래서 도저히 그쪽 길로 못 갈 거 같아 빙 돌아서오다 보니 늦게 와버렸네요."

"아, 그래서 늦으셨구나."

"그럼 이제 얼른 동네 구경 하러 가요."

"네. 일단 슈퍼 위치는 아시죠?"

"그럼요. 제가 그 슈퍼 위쪽에 사는데 당연히 알죠."

그때 환하게 불 켜졌던 집이 현석 씨네 집인 거 같았다.

"아, 그러면 어디부터 가 볼까요? 진미산? 아님 고양이를 무서워하는 현석 씨만을 위한 동네 고양이 아지트로 가 볼까요?"

동네 구경을 다 할 때쯤, 해가 지고 있었다.

"동네 구경시켜 줘서 고마워요."

"뭘요. 우리 다음에는 제가 근무하는 과원동에 가요. 거기는 여기 진미동보다 먹을 것도 많고 볼 것도 많아서 더 재밌을 거예요."

"다음에……. 다음에……."

현석 씨가 중얼중얼 거리며 그 다음 말을 알아듣지 못했다.

"좋아요. 그동안 감사했어요."

"그동안이요? 누가 보면 작별 인사하는 줄 알겠어요."

"그렇게 보이나요?"

"조금?"

"그럼 됐고요. 오늘 즐거웠어요. 구경하는 거 도와줬으니 답례로 예뻐서 물망초 사 봤어요. 가져요."

"선물은 생각지도 못했는데. 고마워요. 물망초의 꽃말을 아시나 모르겠지만 너무 슬퍼요. 혹시 물망초의 꽃말 혹시 아세요?"

"그럼요. 알죠."

집으로 돌아와, 물망초를 물이 반쯤 채워진 유리통에 넣었다. 오래오래 살렴, 물망초야.

월요일. 평소보다 늦게 일을 마치고 지친 마음을 달래기 위해 맥주를 사러 슈퍼로 갔다. 도중에 정자를 보니 사람이 아무도 없었다. 왠지 모르게 쓸쓸했다.

"안녕하세요."

"그려."

"여기 맥주 한 캔이요."

"맥주 한 캔…. 2500원…. 아니 2600원인가? 그냥 2500원 주쇼."

"여기요."

"잘 받았네. 아 아가씨, 떡 좋아하면 떡 좀 먹어."

"떡이요?"

"응. 저번에 아가씨가 말했던 밝게 불 켜진 집에서 오늘 돌리던데. 아가씨는 일한다고 못 받았을 거 아녀."

"네? 무슨 소리세요. 저번에 떡 돌렸ㅈ……."

"아, 그때는 내부 공사한다고 불을 밝게 켰다고 하든가. 어제 오후에 공사가 끝나자마자 바로 들어온 거라 하더라고."

"네? 그럼 현석 씨는요?"

"현석 씨? 아가씨 무슨 소리 하는 거야."

분명 거긴 현석 씨네 집인데……. 내부 공사 중이었다고? 뭔가 잘못 되었다는 생각에 급하게 슈퍼 밖으로 나와 새로 이사 온 집으로 갔다. 슬리퍼를 신고 마당에 있던 주인 아주머니가

"어? 떡 안 받은 학생인가 보네. 오늘 이사 왔어요. 잘 부탁해요."

"현석 씨는요?"

"네?"

"여기 어제까지 살았던 사람은 지금 어디 갔나요?"

"학생, 무슨 소리해요. 여긴 아무도 안 살다가 우리가 이사 왔는데. 집 내부가 너무 엉망이라, 요 며칠 공사한다고 시간이 많이 지체됐지만……."

급하게 밖으로 뛰쳐나갔다. 그럼 현석 씨는?

다음 날, 여느 때와 다름없이 출근했다. 자리에 앉아마자 컴퓨터를 켜고 신원 조회 버튼을 눌렀다.

유현석.

그는 재작년에 심장발작으로 죽은 사람이었다.

형도 이 세상에 존재하지 않는 사람이었다. 애초에 형이라곤 없는 사람이었다. 집으로 돌아와 꽃병의 물을 갈아주려고 보니 꽃은 이미 시들어버린 지 꽤 되어 보였다. 한동안 시든 물망초를 보며 눈물을 흘렸다.

소중한 것들

진미동에 이사 온 지도 1년이 훌쩍 지났다. 봄, 여름, 가을, 겨울 모두 한 번씩 다 겪고 또 다시 겨울의 계절이 찾아왔다. 지난 1년 동안 진미동에도 많은 변화가 생겼다.

일단 동네 슈퍼 바로 옆자리에 주민들의 의견을 적극 반영하여 대형마트가 들어섰다. 대형마트가 거의 완공을 했을 무렵, 허리가 굽은 할아버지는 가게 문을 닫으셨다. 이젠 영영 문을 열지 않는다. 난 가끔 이 사실을 까먹고 동네 슈퍼에 간다. 아직도 그곳에 가면 할아버지가 계산대에 앉아 있을 것만 같다.

안녕.

진미산에 매일 아침 검은 비닐봉지를 들고 올라가서 고양이 아침밥을 주던 할머니는 고양이를 정식으로 입양해 매일 아침, 점심, 저녁을 챙겨 주신다. 몸이 예전 같지 않아 힘들어하셨는데 다행이다. 난 가끔씩 할머니 댁에 놀러 가서 말동무도 되어 드리고 고양이와 놀아 주기도 한다. 고양이도 할머니도, 마음의 진정을 찾은 듯하다.

어느 날인가 이웃집 아주머니께 충격적인 소식을 들었다. 광수 엄마가 한 달 전, 겨울이 시작될 무렵에 수술을 받다 과다출혈로 사망했단다. 난 아직도 아주머니의 반찬통을 가지고 있다. 정말 슬프면 눈물도 안 나온다고 하던데, 지금이 바로 그 순간이다. 정말 미친 듯이 슬픈데 왜 눈물이 나오지 않는 것일까?

아주머니는 죽기 직전 얼마나 많은 생각들이 머릿속을 스쳤을까? 사람이 죽을 때 좋은 기억이 먼저 떠오를까? 나쁜 기억 혹은 후회했던 경험이 먼저 떠오를까? '아, 이거는 해보고 죽고 싶었는데' 후회하며 눈을 감기는 싫다. 이제부터라도 하고 싶은 일을 하면서 살아야지.

하얀 눈이 내린다. 아주머니는 하늘나라로 가셨다. 내리는 눈보다 더 하얀 목도리와 함께. 부디 좋은 곳에 가셨기를. 거기서 먼저 간 그분을 만날 수 있기를, 하얀 목도리를 낀 채.

사람에게는 누구나 '소중한 것들'이 있다.

빛나리

김예인

드디어 책이 끝을 맺었습니다.

이 책을 쓰기 전에 많은 구상들이 있었습니다. 버킷리스트라거나 진로를 생각하여 역사소설을 써 볼까 고민도 했었고, 주제가 다른 단편 이야기를 몇 개 써 볼까 생각을 했었습니다. 이 내용은 사실 구상했던 단편 이야기 중 하나였던 '예진의 이야기'에서 시작한 것입니다.

이 책을 구상하는 동안 가장 힘들었던 점은 스토리를 어떻게 이어 나갈까였습니다. 저는 보통 전체적인 스토리와 세부사항을 먼저 설정해 놓은 뒤에 책을 쓰기 시작합니다. 쓰면서 조금씩 고치기도 하는 데 정해놓은 틀을 크게 벗어나지는 않습니다. 세부사항을 정하는 게 조금 어려웠습니다.

이를 해결하기 위해 도서관에서 제가 쓰고 싶은 스토리와 비슷한 책은 어떤 설정을 가지고 있는지 읽어 보기도 했고, 인터넷에서 작가들이 어떤 과정을 거쳐 스토리를 잡아가는지도 살펴봤습니다. 그런 것들이 세부 스토리를 정하는 데 많은 도움이 되었습니다.

책의 스토리를 미리 잡아놓고 시작했는지라 책을 쓰는 동안 힘들었던 것은 캐릭터들의 심리묘사였습니다. 저는 세 주인공과 달리 시한부도, 아주 가까운 사람을 잃어본 적도, 부모님께 억압받으며 힘겹게 산 적도 없습니다. 그렇기 때문에 그런 일을 겪어 본 사람들의 심리는 알지 못합니다. 이럴 것이라 예상해 본 게 다입니다. 저는 소설에서 중요한 작용을 하는 게 캐릭터들의 심리라고 생각합니다. 그래서 신중하게 쓰다 보니 책이 그런 쪽으로 쓰인 것 같습니다. 저는 방과후 수업에서 심리를 공부 중이고, 글쓰기 책 중에서 심리묘사와 관련된 책도 찾아보고 있습니다. 나중에 소설을 다시 쓰게 된다면 많은 도움이 될 것 같습니다.

이 책을 쓰면서 달라진 것이 있다면 글을 구상하는 능력이나 문장력이 나아진 것 같습니다. 저는 이 책을 쓰기 전에 몇 번이고 제 글쓰기 공책에 글을 써왔습니다. 그 글을 다시 보니 쓰지 않아도 될 말까지 구구절절 써 놓아 복잡해 보였습니다. 이 책을 쓰기 위해 몇 번이고 문장을 뜯어 고쳤습니다. 그런 과정에서 확실한 정보 전달과 감동을 줄 수 있는 문장들을 생각하기 시작했습니다.

저는 장차 교사가 되고 싶습니다. 하지만 교사가 되려고 결심하기 전에는 작가가 되고 싶었습니다. 아직 작가라는 꿈을 버린 것은 아닙니다. 오히려 교사도 되고, 작가도 되고 싶다는 꿈이 생겼습니다. 이 책을 쓰면서 저는 아마추어 작가가 되었습니다. 하지만 더 전문적으로 글을 쓰는 작가를 꿈꿉니다. 제가 다시 글을 쓰게 된다면 그때는 제가 가장 관심 있는 분야인 역사와 교육을 접목시킨 소설을 써 보고 싶습니다.

이 책의 제목은 〈빛나리〉입니다. 제목을 그렇게 정한 이유는 주인공 세 명이 고난을 이겨내고 빛나게 되는 과정을 담았기 때문입니다.

아마 '소은의 이야기'에서 가장 크게 느꼈을 것입니다. '태영의 이야기'에선 고난은 있지만 어째서 빛나는 것이냐 생각할 수 있는데, 이 이야기에서 큰 주제는 '가족의 소중함'이었습니다. 가족들이 다시 만나 행복해졌으므로 주인공의 인생이 다시 빛날 수 있게 된 것입니다. 가장 큰 의문은 '예진의 이야기'일 것입니다. 이 이야기의 주인공은 죽음으로써 결말이 나닌까요. 주인공은 어렸을 때부터 몸이 아파 한 번도 자유롭게 어디론가 떠나 본 적이 없습니다. 그런 주인공은 책 속에서 시한부 삶을 선고 받는 사람들의 빛나는 모습을 동경하게 되었고, 평생 소원인 해외여행을 떠나게 되었습니다.

이 책에는 세 명의 주인공 말고도 다양한 사람들이 등장합니다. 가장 비중이 큰 캐릭터는 세 명에게 모두 영향을 주었던 '지민'입니다. 이 캐릭터는 주연은 아니지만 아주 중요한 역할입니다. '예진'에게는 평생의 친구이고, '태영'에게는 동생을 잠시 보호해 준 고마운 사람입니다. 그리고 '소은'에게는 길을 찾아 준 스승님입니다. 언젠가 이런 캐릭터를 써 보고 싶었는데, 이 책에서 등장시킬 수 있어 좋았습니다.

그 외에도 의문이 남을 캐릭터라면 태영의 아버지인 '기준'을 꼽을지도 모릅니다. 이 캐릭터는 뺑소니를 당해 병원으로 옮겨졌지만 기억상실증에 걸렸다는 드라마 같은 설정을 가지고 있습니다. 이 캐릭터가 기억을 찾게 되는 장면이 너무 쉽게 서술되었는데, 이유가 있습니다. 잃어버린 기억은 또 다른 충격을 받거나 기억을 되돌려 줄 무언가를 보게 되면 기억이 돌아온다고 알고 있습니다. 그렇기에 '기준'은 기억을 되돌려 줄 아들인 '태영'을 보고 기억이 돌아온 것입니다. 단순하지만 '가족'이라는 주제를 부각하고 싶었습니다. 사실 이 캐릭터는 또 다른 이야기의 주인공이었습니다. 하지만 생각했던 것만큼의 스토리가 나오지 않아 어쩔 수 없이 빠지게 되었습니다. 주인공이 네 명이면 더 좋았을 것 같습니다.

이 책은 세 명의 주인공과 한 명의 조력자가 이야기를 이끌어 나갑니다. 세 명에겐 각자의 이야기가 있지만 이어져 있는 부분도 있습니다. 각자의 시점에서 이야기를 바라보고 있는데, 같은 장면을 둘 다 서술하고 있거나 한 쪽에서는 아예 한 문장으로 끝내 버리는 경우도 있습니다. 주의하며 읽어 주셨으면 좋겠습니다.

어느 사진사의 일기

2018년 2월 26일

오늘 방문한 손님은 세 명.

머플러를 한 여자 손님

교복을 입은 남자 손님

교복을 입은 여자 손님.

일반 사진 한 명과 졸업 사진 두 명이지만

그들이 찍은 사진은 그저 자기 존재의 증명.

목적도 없이 방랑하는 자들의 사진일 뿐이었다.

하루

예진의 이야기

그녀의 미래는 부서졌다. 천천히 금이 가던 것도, 어느 순간 무너져 내린 것도 아니었다. 한순간의 변화는 갑작스러웠지만 낯선 것도 아니었다. 어쩌면 이렇게 될 것이라고 어렴풋이 느끼고 있었던 걸지도 몰랐다. 그녀의 몸은 항상 무시할 수 없는 경고를 주었으니까. 단지 그녀가 바쁜 일상에 치여 신경쓰지 않고 살았을 뿐이니까. 그녀는 앞으로 얼마 남았는지도 짐작 못할 시한부였다.

의사는 언제 쓰러질지 모른다고 입원하는 것이 좋다고 했다. 하지만 그녀는 거절하고 병원을 나섰다. 죽기 전에 꼭 해보고 싶은 게 있다는 거창한 이유는 아니었다. 어려서부터 몸이 약해 인생의 반을 병원에서 살았다 해도 무방할 만큼 병원을 자주 드나들었던 그녀였기에 그곳이 얼마나 갑갑한 곳인지 잘 알고 있었다. 이유라면 마지막은 자유롭고 싶은 게 다일까.

병원을 나서자마자 한 일은 지민에게 전화하는 것이었다. 지민은 예진의 힘없는 목소리를 눈치챘는지 이유를 묻지 않고 한적한 곳에 있을 것을 부탁했다. 전화를 끊은 예진은 근처 카페로 가려다 아직 지민이 오려면 시간이 남았다는 생각에 공원으로 갔다. 해가 저물기 시작하는 시간이었기에 근처 유치원이 일과를 마쳤는지 공원 안에는 아이들이 무리지어 뛰어다니고 있었다. 카페에 가만히 앉아 있는 것보단 바깥공기를 마시며 산책하는 게 좋았다.

걸으면 기분이 좀 괜찮아질 줄 알았는데 전혀 나아지지 않았다. 오히려 불쾌한 감정이 쌓여갔다. 나는 이렇게 불행한데 저들은 어째서 저렇게나 행복해 보이는 건가. 이런 생각을 하면 안 되는 줄 알면서도 즐거워 보이는 사람들을 보니 부정적인 생각들이 떠오르기 시작했다. 그때 한 아이가 그녀의 상념을 깨고 말을 걸어왔다.

"언니, 여기서 뭐해요?"

대답해야 하는데 너무 갑작스러워 말이 잘 나오지 않았다. 그녀가 머뭇거리고 있을 때에도 아이는 그저 눈을 크게 뜨고 그녀를 물끄러미 바라보고 있었다. 아이의 맑은 눈을 보자 아까의 어두운 생각들이 조금 부끄럽게 느껴졌다.

"친구를…… 기다리고 있어."

그녀가 살며시 미소 지으며 대답하자 아이는 밝게 웃으며 자기는 오빠를 기다리고 있다고 말했다. 그때 그녀의 전화가 울림과 동시에 공원 반대편에서 누군가 아이를 부르고 있었다. 아이는 크게 손을 흔들고는 남학생에게로 뛰어갔다. 아마 기다리고 있다던 오빠인 것 같왔다. 저 멀리서 아이가 오빠의 손을 잡고 가는 것을 보며 근처 카페로 가기 위해 몸을 돌렸다. 그녀의 흰 머플러가 바람에 나풀거렸다.

카페에 들어와 얼마 지나지 않아 지민이 카페 문을 열고 들어왔다. 그녀는 잠깐 두리번거리더니 곧장 예진에게로 다가와 맞은편 의자에 앉았다. 지민은 커피를 한 모금 마시며

"무슨 일 있어?"

예진은 그저 입을 꾹 다물었다. 괜찮다고 아무 일 없다고 거짓을 말할 수도, 자신은 언제 죽을지도 모를 병에 걸렸다고 사실대로 말할 수도 없어 한참을 망설였다. 지민이 오기 전까지 할 말을 생각하고 있었는데 그녀의 걱정스러운 얼굴을 마주하자 말이 전부 날아가버려 어떤 말도 할 수 없었다. 시간이 꽤 흐를 때까지 지민은 기다렸다. 얼마 뒤, 예진이 결심한 듯 떨리는 입술을 떼었다.

"지민아, 나…… 사진 한 장만 찍어 줄 수 있을까?"

응. 의외의 말에 두 눈을 깜빡거리던 지민이 미소를 지었다.

어두컴컴했던 지민의 작업실에 불이 들어왔다. 작업실에 있다 온 건지 스튜디오는 이미 준비가 되어 있었다. 예진은 지민의 안내에 따라 머플러를 벗고 의자에 앉았다.

"이 사진, 뭐 하려고?"

지민이 카메라를 조절하며 물었다.

그러게. 딱히 필요해서는 아니다. 증명사진도, 여권 사진도 이미 있었기에 찍을 필요는 없었다.

"그냥. 찍고 싶어서."

아마 이게 맞을 것이다. 찍고 싶어서. 시간이 지나며 초라해진 모습이 되기 전에 조금이라도 흔적을 남겨두고 싶었다. 어쩌면 마지막 사진이 될지도 모르니까.

"그럼, 찍는다. 하나, 둘, 셋."

지민이 셋을 외침과 동시에 찰칵- 하는 소리가 들렸다. 사진이 찍혔다. 사진이 깔끔하게 잘 나왔다. 건네받은 사진 속 그녀는 슬프게 웃고 있었다. 예진은 자신도 모르게 그 미소를 따라 지었다. 사진과 같은 슬픈 미소였다.

태영의 이야기

그는 평범한 학생이었다. 다른 학생들과 같이 공부하고, 친구들과 어울리며, 학원도 가고, 때로는 빠지고 놀러 가는 큰 변화 없는 일상을 즐겼다.

집에 가면 다정한 어머니와 여동생이 그를 반겼다. 식사를 하고, 샤워를 하고, 여동생과 놀아주다 보면 아버지가 집에 오셨다. 그의 가족은 덧없이 행복했고, 언제나 웃을 수 있었다.

언제부터였을까 웃음이 사라져 버린 것은.

일주일 전, 아버지가 회사에서 돌아오지 않으셨다. 많이 바쁘신 건가 생각했다. 야근 때문에 집에 못 오신 줄 알았다.

그 다음 날, 새벽같이 눈을 떴을 때에도 아버지는 계시지 않았다. 일어나기 전에 나가신 건지, 아니면 들어오시지 않은 건지 알 수 없었다. 전화기가 꺼져 있다는 음성밖에 들을 수가 없었다.

다음 날에는 회사에서 전화가 왔다. 동료가 말하기를 아버지가 그저께 퇴근한 후 어제도, 오늘도 출근하지 않았다고 한다. 이상한 기분이 들었다. 수많은 생각들이 떠올랐다. 종래에는 사고를 당한 게 아닐까 위험한 상상까지 했다.

아버지가 사라진 지 4일째 되는 날, 경찰서를 찾아가 실종신고를 했다. 그들은 최선을 다하겠다고 말했다. 아버지는 어디로 가신 걸까. 우리를 버리신 건 아니시겠지. 무사히 돌아오신다면 좋을 텐데. 머리를 흔들며 잡념을 털어냈다.

다음날, 동생이 그에게 물었다. "오빠, 아빠는 어디 가셨어?" 대답할 수 없었다. 동생은 아무것도 몰랐다. 아버지가 실종되었다는 것을 알기엔 너무 어렸다. 여동생이 순진무구한 얼굴로 그를 바라보며 대답을 재촉했다. 그는 어쩔 수 없이 입을 열었다. 아버지는 지금 일하러 멀리 가신 거라고, 조금만 기다리면 돌아오실 거라고. 여동생은 고개를 갸웃거리더니 그렇구나, 하고 받아들였다. 뒤에서 그들의 대화를 듣고 있던 어머니는 무척 우울해 보였다.

다음 날, 그는 가족의 생계를 지탱해 오시던 아버지를 대신해 아르바이트를 구했다. 원래는 1년 뒤 수능이 끝나면 천천히 시작해 볼 생각이었는데, 지금은 알바를 몇 개를 해도 부족했다. 우울증을 앓고 있는 어머니를 보살피고, 이래저래 통장을 빠져나가는 돈을 채워 넣어야 했다. 새벽에는 신문 배달, 오전에는 학교에서 공부하고, 정규 수업이 끝나자마자 편의점으로 향했다. 주말에는 도서관 알바와 카페 알바를 했다. 여유롭게 공부할 시간 같은 건 없었다.

오늘에 이르러서도 아버지 소식은 들을 수가 없었다. 분명 어떻게든 연락을 취하실 수 있을 텐데. 무사하신 걸까. 언제라도 문을 열면 아버지가 환하게 웃으며 반겨 주기를 바랐다. 오매불망 아버지 소식을 기다리는 수밖에 없기에 매우 답답했다.

통장 잔고를 확인하던 태영은 한숨을 쉬었다. 아르바이트를 시작하며 생긴 버릇이다. 이대로 아버지가 돌아오시지 않는다면 알바는 한계가 있기에 아무리 열심히 채운다 해도 2년 내에는 재정이 바닥날 것 같았다. 며칠 전에는 졸업 앨범에 들어갈 사진을 찍어오라는 공지가 있었다. 그는 통장을 내려놓고 생각했다. 아르바이트를 가기 전에 사진을 한 장 찍고 가자고 결심했다.

다행히도 편의점에서 멀지 않은 곳에 스튜디오가 하나 있었다. 문을 열고 들어가자 한 쪽에서는 카메라 여러 대가 정갈하게 비치된 공간이, 다른 한 쪽에는 이리저리 흩어진 옷감들로 어지러운 공간이 대비되어 보였다. 조심스레 카메라 쪽으로 발걸음을 옮기자 어지러운 공간 쪽에서 누군가가 커튼을 걷고 나왔다.

머리를 높게 틀어 묶은 사진작가, 지민이었다. 그녀는 졸업사진을 찍으러 왔다는 태영의 말에 그를 자리로 안내했다. 그는 가방과 겉옷을 벗어두고 의자에 앉았다.

"아직 학생들이 졸업사진 찍기에는 이른 것 같은데 일찍 찍으러 왔네요?"

그녀가 가볍게 물었다.

그러자 그의 표정이 살짝 어두워졌다. 그녀가 사과하고, 그는 괜찮다며 고개를 흔들었다. 나중에는 시간이 없을 것 같아 미리 왔다고 덧붙였다. 아까의 어두운 표정으로 그게 다가 아니라는 것을 알아챘지만 입 밖에 꺼내지는 않았다.

"그럼 찍을게요. 하나, 둘, 셋."

찰칵- 하는 소리와 함께 셔터에서 밝은 빛이 나왔다. 사진이 찍혔다.

지민의 됐다는 소리를 듣고, 무심코 시계 쪽으로 고개를 돌렸을 때는 알바에 갈 시간이 가까워져 있었다. 태영은 겉옷을 입고 가방을 맸다. 카메라를 정리하고 있는 지민에게 계산을 부탁했다. 사진은 나중에 시간이 나면 찾으러 올 테니 잘 부탁드린다는 말을 하고는 급하게 뛰쳐나갔다.

지민은 가게 밖으로 나와 빠르게 달려가는 소년의 모습을 잠시 지켜보다 문을 닫았다.

소은의 이야기

그녀는 마치 인형 같았다. 부모님이 조종하는 대로 움직이는 인형. 어렸을 때부터 부모님에 의해 일거수일투족을 감시받으며 살았다. 그녀가 조금이라도 정해진 위치를 벗어나면 바로 전화가 걸려와 무얼 하고 있는지 캐물었다. 하지만 그녀는 그것을 이상하다고 생각해 본 적이 없었다. 다른 가정에서도 이렇게 하는 줄로만 알고 있었다. 중학교 2학년 때까지만 해도 말이다.

중학교 2학년 당시 부모님이 함께 있어도 된다고 허락한 아이들과만 어울려 지내고 부모님이 정해 주신 목표를 위해 열심히 노력했다. 그러던 어느 날, 그녀의 사고방식을 뒤집는 학생이 전학을 왔다.

그 당시 반장이었던 그녀는 전학생을 잘 챙겨주라는 과제를 선생님께 받았다. 항상 모범이 되어야 한다고 생각하는 그녀로서는 당연히 자신이 하는 게 옳다고 생각했다. 부모님 또한 전학생이 나름 우등생이라는 것을 알게 되자 함께 어울리는 것을 허락해 주었다. 그녀는 전학생에게 학교 지리와 수업방식 등을 알려 주며 상당히 가까운 친구가 되어 있었다.

여름방학이 시작하기 며칠 전.

그녀와 친한 친구가 된 전학생, 지수가 여름방학 때 만나서 놀지 않겠냐고 물었다. 소은은 당연히 거절했다. 여름방학에는 부모님이 잡아 놓은 학원특강과 영재학습캠프로 바빴다. 소은은 부모님이 정해 준 스케줄 때문에 바빠서 놀지 못해 미안하다고 말했다. 그러자 지수는 부모님이 정해 주신 게 중요하긴 하지만 우리는 아직 어린 학생이며, 네가 하고 싶은 걸 즐길 권리가 있다고 말했다. 소은에게는 그 말이 충격적으로 다가왔다.

예전에 소은과 어울려 지내던 친구들은 단 한 번도 부모님의 말을 거역한다든지 하고 싶은 것을 하자는 말을 해본 적이 없었다. 그들 또한 부모님의 뜻대로 살던 아이들이었으니 당연한 얘기였다. 아무튼 소은은 지수에게 놀라 소리쳤다. 어떻게 부모님 말을 거역할 수 있냐고.

지수는 대답하지 않고 부모님께 구속받고 사는 것을 당연하게 여기는 소은에게 꿈이 뭐냐고 물었다. 뜬금없는 질문이었지만 그녀는 부모님이 교사가 되기를 원한다고 말했다.

지수는 소은에게 부모님은 네가 아니다. 부모님이 네가 잘못된 길로 나아갈까 올바른 길로 이끌어 주시거나 네가 원하는 진로를 찾아 주시는 것 정도는 당연하다 생각할 수 있지만, 네 적성도 생각하지 않고 꿈을 강요하는 것은 옳지 않다. 내가 보기엔 너는 너무 부모님께 잡혀 사는 것 같다. 요새 청소년은 그렇게 부모님이 정해 놓은 길로만 따라가지 않는다. 네가 진정 원하는 게 뭔지 생각해 본 적이 있냐고 말했다.

소은은 지수의 말에 큰 고민에 빠졌다. 사실 그녀에게는 무대공포증이 있었다. 그렇기에 발표하는 것이나 학급회의 진행 등도 참고 꿋꿋이 하는 수밖에 없었다. 누군가의 앞에 서서 그들에게 지식을 알려 주는 것을 평생 직업으로 삼기에는 그녀에게는 무리가 있었다. 하지만 그녀는 그런 것을 생각해 본 적이 없었다. 부모님이 정해 주신 직업이니까 하는 생각으로 공부했을 뿐이었다.

친구관계 또한 그랬다. 소은의 친구들은 언제나 공부를 잘하는 우등생, 항상 단정한 모범생들이었다. 부모님이 그런 애들하고만 친해지도록 허락했으니까. 그마저도 학교나 학원에서만 만났고, 함께 놀러 가 본 적은 없었다.

주변을 둘러보니 반 아이들은 학교가 끝나면 친한 친구들과 삼삼오오 모여 학교가 끝나면 뭐할지 신나게 얘기하고 있었다.

그녀는 제 삶의 방식이 뭔가 잘못됐다고 생각하지는 않았지만 이상하다는 생각이 들었다. 하지만 이미 15년을 부모님이 정해주는 길을 따라 살아왔다. 그렇게 쉽게 부모님께 반항할 수 있는 게 아니었다. 그녀는 지수 덕분에 크게 변화했다.

그로부터 3년이 흘러, 소은과 지수는 고등학교 2학년이 되었다.

소은은 여전히 부모님 밑에서 살고 있었다. 하지만 한 가지 다른 점은 그녀에게 부모님께는 말하지 못한 소망이 생겼다는 것이다. 중학교 3학년 때 우연히 접해 본 디자인 수업에서 선생님의 극찬과 친구들의 환호를 자아내고, 무엇보다 여태껏 느껴 보지 못했던 극한 즐거움이 있었다. 자기가 하고 싶은 일을 찾은 것이었다. 그녀는 디자인이 하고 싶었다.

디자인이 하고 싶다고 할 수 있는 것은 아니었다. 부모님께는 제대로 말도 꺼내지 못한 채 시간만 속절없이 흐르고 있었다.

오늘도 그녀는 학교를 마치고 학원으로 갔다. 10시가 넘어가는 시간이라 그런 건지 불이 켜져 있는 가게가 극히 드물었다. 그러다 평소에는 눈에 띄지 않았던 스튜디오가 눈에 들어왔다. 며칠 전 학교에서 올해 안에 졸업 앨범에 들어갈 사진을 찍어오란 소리를 들어서가 아닐까 싶었다.

소은은 스튜디오 쪽으로 발걸음을 옮겼다. 그날따라 학원에 가는 게 너무 힘들었고, 조금이라도 늦게 들어가고 싶은 마음이었다. 부모님이 왜 학원에 늦었는지 추궁했을 때 좋은 핑계거리가 되어 줄 수도 있을 것 같았다.

문을 열고 들어가자 다행히 아직 영업 중이었는지 지민이 소은을 반겼다. 지민은 카메라를 준비했고, 소은은 거울 앞에서 옷매무새를 단정하게 정리했다. 지민이 준비를 마치자 기다리고 있던 소은을 자리로 안내했다.

"이렇게 늦은 시간까지 학원 다니는 거예요? 힘들겠다."

지민이 소은이 힘들지 않도록 말을 걸었다.

"하하, 그런가요."

소은이 어색하게 웃으며 맞장구쳤다.

"사장님……도 스튜디온데 꽤 늦은 시간까지 열고 계시네요?"

소은도 지민에게 말을 걸었다.

"스튜디오는 11시까지 열거든요. 가다가 심심하면 가끔 놀러 와요, 이 시간대엔 손님이 거의 없으니까."

네, 그럴게요. 소은이 고개를 살짝 끄덕거렸다. 일상적인 대화를 잠깐 나누다 보니 어느새 시간이 많이 흘렀다. 소은의 마음이 급해졌다는 것을 눈치챈 지민이 바로 카메라를 들었다.

"그럼 찍을게요. 하나, 둘, 셋."

찰칵-, 하고 사진이 찍히는 소리가 났다. 확인해 보니 사진은 제대로 찍혔다. 그렇지만 출력되는 것을 기다릴 시간이 없다. 소은은 계산을 미리하고 나중에 찾으러 오겠다고 말했다.

학원에 도착하니 아슬아슬하게 선생님이 들어오시기 직전이었다. 그녀는 마음속으로 학원에 일찍 와서 예습을 하지 않았던 것만으로 꽤 괜찮은 일탈이었다고 생각했다.

반환점

예진의 이야기

예진은 사진을 고이 챙기고 스튜디오를 나왔다. 그리고 멀지 않은 자신의 사무실로 향했다. 그녀의 사무실은 흔히들 말하는 심리상담소였다. 작게는 학생의 상담부터 크게는 범죄 피해자의 상담까지 하는 그런 곳이었다. 그녀는 상담소에서 일하면서 많은 사람들을 봐왔고, 사람들의 마음을 치료해 주었다. 정작 그녀 본인의 마음은 전혀 치료하지 못한 채 말이다.

그녀가 사무실 근처에 도착했을 때, 누군가 사무실 앞을 기웃거리고 있는 것을 발견했다. 교복을 입고, 가방을 맨 것을 보니 아마 학생인 것 같았다.

"안녕하세요. 상담하러 오셨나요?"

그녀가 다가가 말을 걸었다.

그러자 학생은 소스라치게 놀라더니 반대쪽으로 뛰어가 버렸다. 그녀는 멀어져 가는 학생의 뒷모습을 물끄러미 바라보았다. 어쩐지 다시 만날 것 같다는 느낌이 강하게 들었다.

사무실 불을 켜고 들어가자 오랫동안 인적이 없어 싸늘해진 공기가 그녀를 반겼다. 가방을 소파 위에 아무렇게나 내버려 두고는 의자에 걸터앉았다. 그녀 외에는 아무도 없는, 오로지 그녀만의 공간은 고요했다.

하-. 그녀가 한숨을 쉼과 동시에 눈물이 뺨을 타고 흘러내렸다. 공원의 아이에게도, 지민 앞에서도 웃었지만 사실 괜찮지 않았다. 참았던 눈물이 터졌다. 소리 없는 울음이었다. 마음 놓고 울기보다 숨죽여 우는 것은 익숙했다. 그녀는 이럴 수밖에 없는 자신이 처량했다. 그럼에도 그녀는 한참을 그렇게 울었다.

시한부 선고를 받고 그녀의 인생에서 크게 달라질 건 없었다. 기한이 정해지지 않았기에 현실적인 감각이 좀 떨어진 것도 있었고, 그녀가 아직 사실을 받아들일 준비가 되지 않은 것이 그 이유였다. 때가 오기 전에 빨리 그만둬야 하는 것을 알지만 애써 외면하고 있었다.

병원을 다녀온 지 1주일이 지났고, 그동안 손님은 오지 않았다. 그녀가 아직 문을 닫아 놓았기에 오지 않는 게 정상이었다. 혼란스러운 마음으로는 어떤 손님이든 상담은커녕 대화하기도 힘들었기 때문이었다. 어느 정도 마음정리가 된 그녀가 다시 상담소의 문을 열었다. 처음으로 찾아온 손님은 지난번 그 학생이었다. 학생은 긴장한 탓인지 치맛자락을 꽉 쥐고 있었다.

"아, 안녕하세요. 혹시 상담할 수 있을까요?"

정식절차도 밟아야 하고, 학생이기에 부모님과 함께해야 함에도 그녀를 상담소에 들인 이유는 그녀가 절박해 보였기 때문이다.

태영의 이야기

다행히 일하는 편의점이 그리 멀지 않았기에 시간에 맞춰 도착할 수 있었다. 재빨리 유니폼을 입고 앞 타임의 형과 교대를 했다.

그날도 별다를 게 없는 하루였다. 알바가 끝나자 새벽 타임의 형과 교대를 하고 집에 왔다. 집에서 가은과 놀아 주다 공부를 조금 하고 잠들었다. 역시 아버지 소식은 아직 들려오지 않았다.

아침부터 신문배달을 하니 1교시 시작 전에야 아슬아슬하게 학교에 도착할 수 있었다. 학교에서 태영의 사정을 아는 것은 가장 친한 친구인 주현과 담임 선생님 뿐이었기에 그는 태영이 늦게 오더라도 별말 없이 넘어갔다. 다른 아이들은 그런 담임의 편애에 조금 불만인 듯했지만 주현이 잘 돌려서 설명해 주었기에 어느 정도 이해했다.

"대체 뭐라고 애들한테 설명한 거냐?"

태영이 물었다.

그러자 게임에 집중하고 있던 주현이 간단하다는 듯 대답했다.

"악성 변비."

태영은 주현의 멱살을 쥐고 싶다는 충동이 살짝 들었다. 다른 애들을 이해시켜 준 것은 고마웠지만 저런 변명은 전혀 기쁘지 않았다. 졸지에 아침마다 변비에 시달려 지각하는 학생이 되어 버린 그는 아직도 게임 삼매경인 친구를 바라보며 깊게 한숨을 쉬었다.

수업이 전부 끝난 후, 야자를 준비하는 학생들이 갈 준비를 하는 학생들을 부럽다는 듯이 바라보았다. 그 부러움의 대상 중 한 명인 태영은 그렇게 마음이 좋지 않았다. 단지 창밖의 먼 산을 바라볼 뿐이었다. 얼마 전까지만 해도 야자시간에 학교를 벗어난다면 즐겁게 웃었겠지만 지금은 그럴 수가 없었다. 언제 끝날지 모를 일들이 기다리고 있으니까. 그래서인지 지금은 학교에 있는 시간이 더 편했다.

교문을 벗어나 걸어가는 태영의 옆에 주현이 나란히 섰다. 그는 절대 손에서 놓는 법이 없는 휴대폰을 꼭 쥔 채 주머니에 손을 넣고 걸었다.

"힘들면 나한테 말하든가. 언제든 대타 뛰어 줄 테니까."

주현이 돌연 말했다.

갑작스런 말에 그를 바라보던 태영이 씩 웃었다.

"그래. 고맙다."

주현은 제가 한 말이 부끄러운지 고개를 살짝 돌리며 입꼬리를 올렸다. 둘은 편의점 앞에서 헤어지는 그 순간까지 입가에서 미소를 지우지 않았다.

야자를 하지 않고 알바를 시작한 게 2주가 되어간다. 그 말을 아버지가 사라지신 지 3주가 되었다는 소리와 같았다. 하지만 그까지 힘들어 하면 모두가 힘들어진다는 것을 알기에 이를 깨물고 열심히 살았다.

그날도 여느 때와 같이 편의점을 향해 주현과 함께 걸어가던 하굣길이었다. 어머니에게서 전화가 왔다. 그는 상황보고를 할 마음으로 가볍게 전화를 받았다. 그런데 전화기 너머에서 어머니의 목소리가 떨리는 게 들렸다. 덩달아 심각해진 그가 무슨 일인지 다급하게 물었다.

"네 동생, 가영이가 아직 안 돌아왔어……. 유치원에선 집 앞에 내려 줬다고 하는데, 시간이 지나도 오질 않아. 어떡하지, 태영아. 가영이까지 사라지면 안 되는데……."

청천벽력이었다. 그렇게 애지중지하던 여동생이 사라졌다니. 태영은 금방이라도 튀어나갈 듯 마음이 급해졌다. 전화내용을 얼핏 들은 주현이 자신이 대타를 해주겠다며 태영의 등을 떠밀었다. 걱정거리를 하나 내려 놓은 태영이 주현에게 고맙다고 소리치며 뛰어갔다. 주현은 그가 여동생을 찾을 수 있기를 기도하며 거의 다 온 편의점으로 들어갔다.

"가영아-!! 가영아-!!!"

태영은 집 앞 공원과 유치원까지 여기저기를 다니며 온힘을 다해 가영을 불렀다. 그러나 들려오는 대답은 없었다.

집 앞에 내려 준 게 맞는지 유치원에는 가영이 없었다. 태영은 다시 집 쪽을 향했다. 집 근처의 공원에서 놀고 있는 아이들에게도 물어봤지만 가영을 보지 못했다고 했다.

"대체, 어디 있는 거야, 가영아……."

그가 입술을 꽉 깨물며 중얼거렸다.

아버지가 사라지신 지 한 달 동안 가영에게 크게 신경을 써주지 못했다. 그 결과가 이거였다. 그는 가영을 찾으며 끊임없이 자책했다. 조금만 더 신경을 썼더라면. 조금만 더 자주 연락하고 그랬다면. 그렇지만 이미 가영을 잃어버렸다. 그녀를 찾는 게 우선이었다.

앞을 보지 않고 달리다 꼴사납게 주저앉아 버렸다. 그는 바닥을 짚은 두 손을 꽉 쥐었다. 두 눈에선 눈물이 떨어지려 그랬다. 그때 그에게로 누군가가 다가왔다.

"어라…? 윤태영? 너 여기서 뭐해?"

같은 반 반장 소은이었다.

소은의 이야기

항상 가던 길에서 그녀는 심리 상담소를 발견했다. 주말에도 열려 있던 곳이었기에 벌써 일주일이나 열지 않은 것이 신경쓰였다.

소은은 예전부터 심리 상담을 받아보고 싶었다. 자신이 보기에도 아주 심란한 상태였으니까. 그렇지만 그녀의 부모님은 그런 건 할 필요가 없다며 반대할 게 뻔하다.

가끔 학교가 일찍 끝나는 날-모의고사 같은 날-에는 학원으로 가다가 상담소 앞에서 기웃거려 봤다. 하지 못할 건 알지만 혹시 모를 기대감 때문이었다.

그날도 학교가 가끔 있는 일찍 마치는 날이었기에 문이 닫힌 상담소 앞에 잠시 머무르고 있었다. 다른 사람이 말을 건 것은 정말 예상치도 못한 일이었다.

그 사람이 묻는 말을 들어보니 그녀가 상담소의 주인인 것 같았다. 너무 놀란 바람에 얼버무리고 도망갔다. 소은은 자책했다. 왜 그랬을까. 대답이라도 제대로 했으면 상담을 받을 수 있는지 물어는 볼 수 있었을 텐데.

하지만 이미 지나간 일이었고, 되돌아 가기엔 너무 멀리까지 와

버렸다. 소은은 후회했지만, 나중에 찾아가 볼 용기를 남겨 두었다.

오늘은 일 년에 단 하루 있는 자유로울 수 있는 날, 부모님의 결혼기념일이었다. 부모님은 결혼기념일만큼은 아무리 바쁘더라도 다 내려 놓고 1박2일로 여행을 떠나신다. 그렇기에 소은은 이날만큼은 부모님께 선물을 드리고 점심때가 지나면 자유롭게 행동할 수 있었다. 게다가 올해는 일요일까지 겹쳐져 있었기 때문에 아무도 그녀가 뭘 하든 방해할 사람은 없었다.

그녀는 이렇게 자유로운 날, 방 안에 틀어박혀 인강을 들으며 공부하는 것도 아닌, 지수와 밖에 나가 노는 것도 아닌, 저번에 앞에 두고도 도망쳐 버렸던 그 상담소 앞에 서 있었다.

그녀는 심호흡을 몇 번이나 했다. 부모님의 동의도 없이 무작정 온 것이었기에 거절당할까 봐 두려운 것은 어쩔 수가 없었다.

문을 살짝 밀자 가볍게 열렸다. 그녀는 안으로 조심스럽게 들어갔다. 커다란 책상과 마주 보고 놓인 의자 두 개, 한없이 많아 보이는 전문서적들이 담긴 책장이 먼저 눈에 들어왔다.

"아, 안녕하세요. 혹시 상담할 수 있을까요?"

그녀는 치맛자락을 꼭 쥐며 긴장한 티를 냈다.

예진은 미소 지으며 소은을 반겼다. 마치 그녀가 올 것을 예상했다는 듯 따뜻한 미소를 지으면서 말이다.

예상대로 상담을 하기 위한 절차는 복잡했고, 부모님의 동의도 역시 필요했다. 소은은 부모님은 극구 반대를 하시기 때문에 동의는 얻을 수 없을 것 같고, 시간도 오늘 하루뿐이라고 사실대로 말했다.

그러자 예진은 고민에 빠졌다. 정식절차와 부모님의 동의도 없이 미성년자 상담을 정식 상담소에서 해주는 것은 어려웠다. 거절하기에도 그런 것이, 소은이 너무 절박해 보였다. 결국 그녀는 극단적인 선택을 내릴 수밖에 없었다.

"후, 그럼 우리 이렇게 해요. 나는 오늘 하루 야매 상담사입니다. 상담했다는 기록도 남기지 않을 거고, 상담 후에 소은 학생은 내가 야매로 상담해 줬다는 사실을 함구하기로 해요."

정말 극단적인 선택이었다.

소은은 예진이 제안한 것이 매우 마음에 들었다. 그녀 또한 부모님께 숨겨야 했기에 상담했다는 것은 누구에게나 비밀로 하려고 했다. 소은은 예진의 말에 격하게 고개를 끄덕이며 동의했다. 기록에는 남지 않은 야매 상담의 시작이었다.

소은은 여태까지 묵혀 두고 있던 얘기들을 하나둘씩 꺼냈다.

그녀는 어렸을 때부터 선생님들이 나눠 주시는 학생상담카드를 받을 때면, 취미, 특기, 장래희망을 고민한 적이 없었다. 누구나 다 그럴 수는 있지만 그녀는 단 한 치의 고민도 해본 적이 없었다. 부모님이 불러 주시는 대로, 부모님이 적어 주시는 대로 제출했으니까 말이다. 그렇기 때문에 취미는 과학 공부, 특기는 교육봉사, 장래희망은 교사로 정해져 변한 적이 없었다. 모두 교사라는 직업을 위한 밑거름들이었다. 당연히 그녀의 의사는 반영된 적이 없었다. 오히려 그녀는 교사가 되는 것이 두려웠다.

그녀는 중학교 3학년 때 디자인이라는 하고 싶은 일을 찾았다. 하지만 부모님의 기가 너무 드세서 그녀는 한번도 하고 싶은 것을 얘기해 보지도 못했다. 예전에 예고와 디자인에 관한 얘기를 살짝 흘린 적이 있었는데, 학생이 공부나 하지 쓸데없는 것에 관심을 두지 말라며 뺨을 맞을 뻔한 일이 있었다. 그래서인지 말하는 것이 더욱 두려웠다.

부모님은 두 분 다 교육자 집안에서 태어나 교육자가 되기 위해 항상 노력하셨으며, 교육자가 되신 분들이다. 학교에서는 제자들이 하고 싶은 길을 찾아 주는 것 같지만, 하나뿐인 딸한테는 교육자 집안의 대를 이어 교육자가 되어야 한다는 길밖에 주지 않았다. 고지식하신 분들이라 혼자 힘만으로는 절대 두 분의 마음을 돌릴 수가 없었다.

예진은 소은의 이야기를 끝까지 듣고 난 후 상념에 빠졌다. 어디서부터 조언을 해야 할까, 어떻게 얘기하면 상처받지 않을까, 모두 원하는 결말로 끝날 수 있을까 한참을 생각했다. 소은이 물끄러미 바라보고 있는 게 느껴졌다.

"소은 학생은, 디자인을 배우고 싶나요?"

"물론이죠. 하지만 어떻게 할 수가……."

"없는 건 아니죠. 소은 학생이 디자인을 배울 수 있는 방법이 있어요. 한 가지 문제가 있는데, 제가 알려 주는 방법대로 하면 소은 학생은 부모님께 거짓을 고하게 되는 거예요. 그래도 괜찮나요?"

곧바로 대답이 나오지는 않았다. 소은은 잠시 망설이는가 싶더니 의지에 찬 목소리로 대답했다.

"각오하고 있습니다."

소은의 눈이 불타올랐다.

"좋아요."

예진이 얼굴에 미소를 띠웠다.

"디자인을 전공한 친구가 있어요. 그녀에게 소은 학생을 추천해 줄게요. 그녀 밑에서 디자인을 집중적으로 배우면 되요. 단 한 가지……."

조건이 있어요. 디자인을 배울 수 있게 도와주는 건 고맙지만 부모님의 감시를 피하는 것은 무리가 있었다. 그런 이유를 설명하려는 소은을 예진이 조건이라는 말로 가로막았다.

그녀가 내건 조건은 크게 두 가지였다. 첫 번째는 부모님과 조율하여 주말에는 시간을 비울 것. 주말에 학원을 다니지 않게 되면, 도서관에 간다는 핑계로 휴대폰을 놔두고 다닐 수 있다.

두 번째는 전문가가 인정할 만한 실력을 갖출 때까지 아무에게도 디자인을 배우고 있다는 것을 알리지 말 것. 설령 아주 친한 친구라 해도 한 명이라도 알고 있다면 어떤 방식으로든 퍼지고 말 것이다.

예진은 이 두 가지를 강조했다. 소은은 이번 중간고사 성적을 가지고 부모님과 얘기해 봐야겠다고 생각했다.

"그런데……."

소은이 뭔가를 말하려다 말고 뜸을 들였다. 예진이 어서 말해 보라는 듯 그녀를 쳐다보았다.

"그런데…, 제가 알고 있는 상담과는 뭔가 조금 다른 것 같아요. 아니, 불평하는 건 아닌데……."

예진이 뭘 물어보냐는 듯 웃어 보였다.

"당연하죠. 소은 학생과 상담하고 있는 저는 야매 상담사니까요."

소은이 따라 웃었다.

소은이 상담소를 나서자 예진이 따라 나와 배웅했다.

"첫 번째 조건이 달성되면 나에게로 와요. 그녀한테 연락을 해 둘게요."

"네, 감사합니다. 그럼 이만, 안녕히 계세요."

소은이 안 보이게 될 때까지 예진은 그녀의 뒷모습을 바라보았다.

* * *

중간고사가 끝난 뒤, 학교는 학생들에게 성적표를 배부했다.

성적표를 배부받은 2학년 3반 교실. 그곳에는 성적표를 부여잡고 펼치지도 못한 채 부들부들 떨고 있는 소은과 그런 그녀가 너무 답답한 지수가 있었다.

지수는 어차피 보게 될 거 용기를 가지라고 재촉했다. 결국 소은은 자신은 죽어도 못 펼 것 같다며 지수에게 봐 줄 것을 부탁했다. 한숨을 쉬며 지수가 소은의 성적표를 받아들었다.

지수가 성적표를 펼치자마자 굳어 버렸다. 소은이 놀라 왜, 왜를 연발했다. 지수의 손이 부들부들 떨리더니 성적표를 돌려 소은에게 보여 주었다.

1등. 소은이 그토록 바라던 등수가 적혀 있었다. 소은 또한 굳어 버렸다. 그녀의 머릿속에는 1등을 하지 못해 구박받던 과거가 지나갔다. 아, 이번 시험을 위해 얼마나 노력했던가. 이번에는 단순히 1등을 해 잔소리를 듣지 않아도 될 뿐만 아니라 예진의 첫 번째 조건을 달성하기 위한 바탕이 마련된 것 같았다.

먼저 정신을 차린 것은 지수였다. 축하한다고 소리치며 소은을 끌어안았다. 그제서야 소은도 정신이 번쩍 들었다. 1등이 현실이 되었다. 미친 듯이 환호성을 질렀다. 왠지 성공할 것 같은 좋은 예감이 들었다.

그날 저녁, 저녁식사가 끝나갈 무렵, 소은이 낭당하게 성적표를 꺼내보였다. 1등. 부모님은 소은에게 수고했다며 칭찬해 주셨다. 소은은 그 한마디가 너무 기뻤다. 3등을 해도, 2등을 해도 한 번도 칭찬해 주신 적이 없었다. 괜히 기분이 좋아졌다.

소은은 성적표를 꺼내든 목적을 잊지 않았다. 그녀는 부모님께 성적도 올랐으니 주말에는 학원을 다니는 게 아니라 도서관에서 자율적으로 공부해 보고 싶다고 얘기했다. 두 분이 반대하실 때를 대비해 대략적인 공부계획도 짜두었다.

예상한 것과 달리 부모님은 크게 반대하시진 않았다. 그들의 기준으로 딸은 한 번도 뭔가를 부탁한 적이 없었다. 드디어 좋은 결과가 나왔으니 그 정도는 들어줄 수 있었다. 학원을 끊으면 지금보다 성적이 떨어질지도 몰랐지만 이번에 1등을 했으니 더 노력을 할 것이라고 그들은 생각했다.

부모님은 소은에게 그래도 좋다고 허락했다. 대신 공부에 방해되는 휴대전화 등은 모두 사용하지 말라고 덧붙였다. 부모님을 설득해서라도 휴대전화를 놔두고 다니려던 소은에게는 좋은 일이었다.

띠링-, 하고 울리는 문자 소리음에 휴대전화를 보니 소은에게서 메시지가 와 있었다. 예진은 수건으로 젖은 머리를 탈탈 털며 곧바로 답장을 작성했다.

≫ [첫 번째 조건 달성했습니다.] 20:00

≪ [수고 했어^^. 친구한테 얘기해 뒀어. 그녀도 좋다고 하던 걸.] 20:01

≪ [주소 알려 줄 테니까 내일 시간이 된다면 한번 가 봐.] 20:01

소은은 곧 스튜디오의 주소가 적힌 메시지를 받을 수가 있었다. 스튜디오는 익숙한 거리에 있었다. 소은은 내일 학원을 끊고 돌아오는 길에 한번 들르기로 결심했다.

부모님도 허락했기에 학원을 끊는 것은 일사천리로 해결되었다. 함께 오셨던 어머니는 학교로 들어가 봐야 하셔서 소은은 혼자 집으로 돌아가게 되었다. 어머니는 소은에게 곧장 집에 가서 공부를 하고 있으라고 당부했지만 위치를 알 수 있는 휴대전화가 집에 있으므로 자유롭게 돌아다닐 생각이었다.

소은은 주소가 적힌 종이를 들고-어젯밤에 옮겨 적은-그 근처에서 이리저리 둘러보고 있었다. 그러다 주소지와 같은 스튜디오의 이름을 발견했는데, 그녀에게는 아주 익숙한 곳이었다. 몇 번이나 다시 확인해 보아도 이름이 달라지지는 않았다. 그곳은 며칠 전, 그녀가 졸업사진을 찍었던 그 스튜디오였다.

소은이 조심스럽게 문을 열고 들어가자 저번에 봤던 지민이 그녀를 반겼다. 지민은 이미 얘기를 다 들었는지 디자인을 배울 수 있게 된 것을 축하했다. 지민의 환영 후 그들은 곧바로 본격적인 얘기를 시작했다.

지민의 전공은 의상 디자인 쪽이었으며, 소은 또한 그쪽을 배우고 싶었다. 소은은 의상 디자인에 대한 기초는 독학으로 조금 공부를 했었다. 또한 개인 공책에 그림을 그려보기도 했다. 하지만 그녀는 제대로 배워 본 적은 없었기 때문에 수업할 것이 많았다. 이제 시간이 많으니 그들은 천천히 진행하기로 했다.

매주 주말마다 소은은 지민의 스튜디오를 찾아갔다. 수업도 많이 진행되었다. 소은은 이제 디자인에 대해 많이 알게 되었다. 가끔 실습을 하기도 했다. 소은이 노력하여 만들어 낸 값진 결과였다.

변화

예진의 이야기

병원에 다녀와 다시 연 상담소에서 처음이자 마지막이 될 상담이 끝났다. 그녀는 소은이 나아갈 길의 방향을 잡아 주었고, 그 길을 나아가는 건 소은이 할 일이었기에 그녀가 해줄 일은 이제 없었다. 건물을 다른 사람에게 넘기고 짐을 전부 정리해도 남은 미련은 없었다.

목적지 없는 여행을 떠나기로 했다. 의사는 언제 쓰러질지 모른다며 말렸지만 그녀는 더욱 떠나려 했다. 죽기 직전이라도 자유롭게, 원하는 대로 돌아다니고 싶었다. 이제껏 병원에 다니느라 한 번도 해외여행을, 아니 국내의 먼 곳이라도 가 본 적이 없었다. 그녀는 처음이자 마지막이 될지도 모르는 비행을 준비하고 있었다.

지민에게도 그저 기분전환 겸 여행이라고만 말했다. 그녀는 일만으로도 충분히 바쁜 사람이었다. 여기서 자신의 사정까지 더해지면 어느 쪽으로도 집중하지 못할 것이라고, 예진은 생각했다. 그렇기에 지민은 그녀가 쓰러지는 날까지 자세한 사정은 모를 것이다.

여행 준비부터 도착하는 것까지 일사천리로 진행되었다. 처음으로 도착한 곳은 이탈리아였으며, 스위스, 프랑스 등에서 정해진 일정 없이 자유롭게 구경했다. 이곳이 마지막이 될 것 같다 생각하며 도착한 곳은 영국이었다.

영국의 랜드마크(Landmark)인 빅 벤을 뒤로하고 한가로이 걷고 있을 때였다. 한 손에 카메라를 든 남자가 그녀에게 말을 걸어왔다.

"실례합니다."

언어로 보나 외모로 보나 같은 한국인이었다. 남자의 용건은 별다른 게 아니라 사진을 찍어달라는 것이었다. 어렵지 않은 부탁이었기에 그녀는 카메라를 받아들었다. 빅 벤 근처였기에 사람은 많았지만 사진을 찍는데 오래 걸리지 않았다. 그의 카메라는 폴라로이드 카메라라 인화되어 나온 사진을 바로 확인할 수 있었다. 사진작가인 지민 곁에서 봐왔던 것이 있기에 그녀는 사진을 무척 잘 찍었다. 그에게 카메라와 사진을 넘겨 주었다. 매우 만족한 것 같았다. 보답으로 그녀의 사진을 한 장 찍어 주겠다고 했다.

그녀가 어색하게 포즈를 잡자 그가 셔터를 눌렀다. 인화되어 나온 그녀의 사진도 그녀가 찍어 준 사진 못지않게 선명하고 분위기 있어 보였다. 지민의 스튜디오에서 찍은 사진이 마지막 사진이 될 줄로만 알았는데 뜻밖의 선물을 받았다.

남자와 예진은 남자가 자신의 명함을 건네 준 뒤 헤어졌다. 명함에 적힌 이름이 어째서인지 낯설지 않았다. 인연을 정리하기 위해

온 여행에서 오히려 새 인연을 만들어 버렸다. 그녀는 명함을 소중히 간직했다.

한국에 도착했을 때 우려하던 일이 발생했다. 예진이 비행기에서 내려 마중 나온 지민을 만나러 가던 길에 쓰러져 버렸다. 그녀는 병원으로 이송되었고, 곧바로 병실로 옮겨졌다.

예진이 눈을 뜬 건 다음 날 아침이었다. 벨을 눌러 의사를 불렀다. 항상 그녀를 담당하던 의사가 국내여행을 다녀도 힘들 때에 어째서 그런 무리한 일을 했냐고 타박했다. 아픈 몸을 이끌고 한 달 가까이 유럽여행을 한 것이 사실이라 변명할 수도 없었다. 의사는 안정을 취해야 한다고 했다. 그녀는 유럽여행을 다녀온 것만으로도 다신 없을 행운이었다며 조용히 의사의 말을 수긍했다. 침대 옆 서랍장 위에는 영국에서 찍은 사진이 고이 놓여 있었다.

지민에게서 일이 바빠 저녁에야 들를 수 있을 것 같다는 연락이 왔다. 예진은 아침에 지민이 전해 주고 간 짐 속에서 책을 한 권 찾아 읽기 시작했다. 벌써 일곱 번째 읽는, 그녀가 가장 좋아하는 책이었다.

〈마지막을 아름답게 장식하는 법〉

이 안에는 그녀처럼 시한부였던 사람들이 마지막까지 어떻게 살았는지, 어떤 소망을 품고 있었는지 등이 담겨 있었다. 사실 그녀가 충동적으로 여행을 떠나려 결정했던 것도 이 책의 영향을 받은 것도 없지 않아 있었다.

표지에 적힌 작가 이름이 익숙하게 느껴졌다. 분명 어딘가에서 본 듯했다. 인터넷에서 찾아보아도 단편적인 작가소개만이 나올 뿐이었다. 그녀는 고개를 갸웃거리며 생각에 빠졌다. 무심코 고개를 돌렸을 때, 그녀의 눈에 띈 것은 영국에서 찍은 사진과 함께 사진을 찍어 준 남자의 명함이었다. 혹시나 싶어 본 명함에는 책의 작가의 것과 같은 이름 석 자가 선명하게 적혀 있었다.

인연이 다시 맞닿은 것은 얼마 지나지 않아서였다. 병원 앞 공원에서 산책하고 있던 예진은 책과 사진, 명함으로 이어진 남자를 다시 만났다. 그녀가 반대편에서 걸어오던 남자를 발견함과 동시에 그도 그녀를 발견했다. 그녀는 두 눈을 크게 깜빡였고, 그는 그녀를 알아본 듯 다가왔다.

"오랜만이네요."

"네, 오랜만이네요."

그가 먼저 말을 걸어왔다. 두 번째 만남이었지만 빅 벤 앞이라는 특별한 장소에서의 첫 만남이 있었기에 반갑게 느껴졌다.

그는 그녀가 왜 여기 있는지 물었고, 아파서 병원에 입원했노라고 간단히 대답했다. 그녀는 그에게 책을 보여 주며 저자가 맞는지 물었고, 긍정의 대답을 들었다. 그러자 그녀는 눈이 커지며 자신이 이 책의 열렬한 팬임을 밝혔다. 그리고 항상 이 책을 읽으며 궁금했던 한 가지를 물었다.

"어떻게 시한부인 사람의 마음과 경험을 잘 풀어낼 수 있었나요?"

그러자 그가 싱긋 웃으며 대답했다.

"사실 시한부라는 게 흔한 것은 아니죠. 하지만 시한부라는 말을 곧 운명할 수도 있는 사람들이라 바꿔 보면 시한부라는 것은 멀리 있는 것은 아닙니다. 암에 걸린 사람이나 교통사고로 생명이 위험한 사람, 치료제가 없는 병에 걸린 사람들 모두가 시한부가 될 수 있습니다. 저는 몇 년간 병원에서 근무하며 그런 사람들을 봐 왔습니다. 그들의 공통된 소망은 어떤 방식으로든 자유로워지고 싶다는 것입니다. 그들은 스스로의 상태를 알기에 그런 생각을 하는 것입니다. 사실 저도 그들의 마음은 전부 알지 못합니다. 그들을 이해하려고 노력하고, 그들의 입장에서 생각하여 쓴 글이 바로 이 책입니다."

그녀는 그의 말이 끝날 때까지 잠자코 들었다.

"제가 책에서 가장 공감했던 부분은 자유로워지고 싶었다는 거예요. 저도 사실 시한부거든요. 원인 모를 병에 걸려 언제 죽을지도 모르는."

그녀는 친구인 지민에게도 아직 못한 얘기를 그의 앞에서는 왠지 술술 말이 나왔다. 그는 그녀가 시한부라는 말을 듣고 놀란 것 같았다.

"제가 유럽여행을 갔던 것도 병원에 들어오기 전 처음이자 마지막 자유를 위해서였죠. 여행을 결심하게 된 건 이 책을 보고 난 이후였어요. 조금 무리했던 여행이라 병원에 예상보다 일찍 입원하긴 했지만, 소중한 인연을 만날 수 있어서 값진 추억이었다고 생각해요."

그녀도 싱긋 웃어 보였다.

둘은 한동안 꽤 깊은 대화를 나눴다. 대화가 끊긴 건 지민의 전화가 오면서였다. 예진은 병원 앞에 거의 도착했다는 그녀를 마중가기 위해 일어섰다. 그녀를 따라 그의 시선도 움직였다.

"우리 다시 만날 수 있을까요?" 반쯤 충동적으로 입을 열었다.

"인연이 닿는다면요. 만나서 반가웠어요."

그는 멀어져 가는 그녀의 뒷모습을 바라보았다.

태영의 이야기

"뭐? 동생이 사라져? 완전 큰일이잖아!" 소은이 소리쳤다.

그녀는 양손 가득 들고 있던 장바구니를 내려놓고 경찰에 신고해야 하는 거 아니냐며 호들갑을 떨었다. 얘가 원래 이런 성격이었나 하고 생각하던 그는 어, 뭐, 그렇지 하며 말을 얼버무렸다.

"난 바빠서 먼저 간다."

태영이 손을 흔들며 뒤를 돌았다.

그때 소은의 머릿속에서 불현듯 스튜디오에 있는 6살짜리 여자아이가 떠올랐다. 그녀는 얼른 태영을 불러 세웠다.

"네 여동생, 이름이 혹시 윤가영이야? 오늘 밤색 카디건 입었어?"

"그걸 어떻게 알았어?"

태영이 놀라 소리쳤다.

소은이 태영을 보며 미소 지었다. 따라 와, 데려다 줄게. 그녀가 앞서서 걷기 시작하자 그가 재빨리 따라붙었다. 둘의 발걸음은 여느 때보다 조금 빨랐다.

"가영아!"

스튜디오 문을 열자마자 의자에 앉아 작업 중이던 지민이 보였다. 그리고 그 옆에는 가영이 요구르트를 마시며 지민의 일을 구경하고 있었다.

제 오빠가 자기 이름을 부르며 다가오자 가영은 의자에서 내려가 오빠에게 안겼다. 태영은 여동생을 꽉 끌어안으며 머리를 쓰다듬었다. 품에서 떼어 놓고 찬찬히 살펴보자 다친 곳은 없는 것 같았다.

"너 여기서 대체 뭐하는 거야. 어머니랑 오빠가 얼마나 걱정한 줄 알아?"

그가 가영을 다그치자 그런 오빠의 모습에 놀랐는지 가영은 울먹거렸다.

"그렇지만……, 집 앞에서 아빠를 본 거 같았는데, 따라가다가 아빠를 놓쳐 버려서, 길 잃었단 말이야……."

가영은 훌쩍거리다 결국 울음을 터뜨렸다.

태영은 입술을 깨물다 가영을 다시 안아 주었다. 괜찮아, 괜찮아. 오빠가 미안해. 서럽게 우는 가영을 계속 다독여 주었다.

아버지가 오래도록 돌아오시지 않은 이유를 제대로 설명해 주지 않은 것 때문에 이런 일이 발생할 줄은 몰랐다. 동생은 곧 돌아오실 거라는 믿음으로 계속 아버지를 기다리고 있었고, 아버지와 닮은 사람을 보고 아버지로 착각해 위험하게도 따라갔을 것이다. 그러다 차이나는 보폭 때문에 중간에 놓쳐 버리고 모르는 곳이라 길을 잃어버린 것이겠지. 안전하다고 생각되는 곳에 있었던 것은 천운이었다. 소은과 스튜디오의 주인분이 아니었다면 어떻게 됐을지…….

거기까지 생각이 미친 태영은 고개를 들었다. 그러자 자신과 동생을 바라보고 있는 소은과 지민과 눈이 마주쳤다. 당황도 잠시 그는 아직 감사인사를 하지 않았다는 사실이 떠올랐다.

"동생을 보살펴 주시고 계셔서 감사합니다. 반장, 동생 찾아 줘서 정말 고마워."

그가 허리를 숙이며 감사를 표했다. 인사를 받은 두 사람은 괜찮다며 손사래를 쳤다.

"아이가 길을 잃고 쪼그려 앉아 울고 있길래, 일단 데려왔어요. 경찰서는 무섭다 하고, 부모님과 오빠 번호는 외우지 않았다고 하길래 하는 수 없이 데리고 있었어요. 유치원 이름은 알고 있길래 유치원에 데려다 주려고 했죠. 소은이 간식을 사러 나갔다가 학생을 데리고 온 거죠."

소은이 가영과 사온 과자를 나눠 먹고 있을 동안 지민이 그에게 가영을 스튜디오에 데려오게 된 경위를 설명해 주었다. 그는 쉽게 납득했고, 집에 가면 가족들의 번호를 새긴 무언가를 줘야겠다고 생각했다. 그는 다시 한 번 동생을 보살펴 주고 있었다는 점에 고개 숙여 인사했다.

"그러고 보니……."

지민이 무언가 생각난 듯 잠시 기다려 달라는 양해를 구하고 책상 서랍을 뒤적였다. 그녀가 꺼낸 것은 태영이 저번에 알바에 늦을까 봐 두고 간, 알바에 다닌다고 잊어버리고 있던 졸업사진이었다. 그녀가 건네는 사진을 조심히 받아들었다. 가영이 궁금한지 옆으로 다가와 들여다보았다. 그의 심정과는 반대로 입꼬리를 한껏 끌어올리고 있는 사진 속의 그가 있었다.

"챙겨주셔서 감사합니다."

그는 가영의 손을 잡고 스튜디오 밖으로 나왔다. 어머니에게는 스튜디오를 나오기 전에 미리 전화를 드렸다. 가영은 두 사람과 그새 친해진 건지 크게 손을 흔들었다. 두 사람도 가영에게 손을 흔들어 주었다. 얼마나 시간이 흘렀는지 멀어져 가는 두 남매의 뒤로 달이 떠오르고 있었다.

소은의 이야기

소은은 매주 주말마다 디자인을 배우면서 실력이 점점 늘어갔다. 한 번도 빠지지 않고 꼬박꼬박 출석했기에 진도가 매우 빨랐다.

그렇지만 이번 주는 소은에게 수업을 들을 수 없는 모종의 이유가 생겼다. 어제 저녁 지수에게서 전화가 왔다. 그녀는 교통사고로 입원하게 되었다는 소식을 전했다. 병문안이 이번 주말이 아니면 갈 수 없을 것 같아 수업을 한 번 빠지고 가야 했다. 다행히 지민은 그런 그녀의 사정을 잘 이해해 주었다.

소은은 처음 와보는 병원에 도착하자마자 길을 잃었다. 병원이 너무 넓어 헤매고 있었다. 주변에 지나다니는 사람에게 물어보고 싶어도 아무도 없었다. 쭉 이어진 숲길 같은 곳만 계속 따라 걸을 뿐이었다.

그때 다행히 반대편에서 환자 한 분이 오고 있었다. 소은은 그에게 다가가 길을 물었다. 그는 친절하게도 길을 알려 주었는데, 소은이 헤매던 곳과 정반대를 가리켜 주었다. 그녀는 입구 근처와 전혀 다른 곳에서 헤매고 있던 거였다.

소은이 감사인사를 하고 그와 헤어졌다. 곰곰이 생각해 보니 어디선가 그를 본 적이 있는 것 같았다. 분명 초면인 사람이었다. 그런데 왜 익숙한 느낌이 날까. 어디서 만났던 적이 있었나. 기분 탓인가. 확실한 건 그는 처음 보는 모르는 사람이라는 것이었다. 그녀는 단순히 비슷한 사람을 만난 적이 있겠거니 하고 넘어갔다.

5층으로 올라가 지수의 이름이 적힌 병실을 찾았다. 4인실이었지만 지수와 다른 한 사람, 두 명밖에 없어 한산해 보였다. 소은이 그녀에게 병문안 선물로 과자를 한아름 품에 안겨 주자 그녀가 격하게 반겨 주었다.

둘은 오후가 될 때까지 수다도 떨고, TV도 보며 시간을 보냈다. 그러다 지수가 치료를 받으러 가야 하는 시간이 되자 소은도 함께 따라나섰다. 그녀가 치료를 받을 동안 기다려 줄 셈이었다.

소은이 지수를 기다리며 영어단어를 외우고 있을 때였다. 옆자리에 누군가가 앉는 느낌이 들었다. 고개를 돌려보니 아까 길을 알려주었던 그 환자였다. 이곳이 치료실 앞이었으니 그도 치료를 받으러 온 것 같았다. 소은이 바라보는 게 느껴졌는지 그도 고개를 돌려 그녀와 눈이 마주쳤다.

"안녕하세요." 소은이 먼저 고개를 숙이며 인사를 하였다. "아까는 길을 알려 주셔서 감사했어요. 덕분에 무사히 찾아올 수 있었어요."

"아니에요. 무사히 왔다니 다행이네요." 그가 대답했다. "여긴 어쩐 일로 왔어요?"

"친구를 기다리고 있어요. 친구가 치료 받으러 갔거든요. 그…… 아저씨는 여기 어쩐 일이세요?"

"저도 치료 받으러 왔어요. 교통사고가 났었다고 하더라고요."

"아…… 그렇군요."

하더라고요? 본인이 교통사고가 났다는 것을 모른다는 것 같은 말투였다. 소은은 그 부분이 이상해서 물어보려는 찰나 지수가 치료실에서 나오며 그를 불렀다.

"그럼 이만." 그가 치료실로 들어갔다. 그녀는 그가 기억이 확실치 않은 사람인 것 같다는 생각이 들었다.

병원에서 나온 소은은 집에 들어가기 전, 지민의 스튜디오로 향했다. 의외로 병원과 스튜디오는 멀지 않았다. 소은은 버스를 타고 와 10분 만에 스튜디오의 문을 열 수 있었다. 스튜디오에는 지민과 혹시 모를 손님이 있을 거라고 예상했는데, 그녀를 반긴 건 지민과 어린 여자아이였다.

웬 여자아이? 지민의 설명을 들어보니 이 근처에서 길을 잃고 헤매고 있던 아이였다. 아이는 낯선 곳인데도 불구하고 울지 않고 지민이 하는 일을 구경했다. 소은은 그런 아이를 위해 과자를 사다 주기로 했다. 마트가 바로 근처에 있었기 때문에, 금방 다녀오기로 했다.

마트에서 아이가 좋아할 만한 과자 몇 개를 집어 들었다. 계산을 마치고 스튜디오로 가고 있는데, 길가에 주저앉아 있는 태영을 발견했다.

"어라…? 윤태영? 너 여기서 뭐해?"

소은은 보고 지나칠 수가 없어 먼저 말을 걸었다.

그는 여동생을 찾고 있노라고 말했다. 그는 급한지 일어서서 뛰어가 버렸다. 소은은 아까 그를 보자 스튜디오에 있는 여자아이가 떠올랐다. 둘이 상당히 닮았다. 길을 잃어버린 여자아이와 동생을 찾는 태영이라……. 소은은 혹시나 하는 마음에 그를 다시 불러 세웠다.

아이의 이름이나 인상착의를 물어보자 태영은 여동생일 거라고 말했다. 소은은 웃었다.

"따라와. 데려다 줄게."

소은이 앞장서서 걷기 시작하자 태영이 뒤따라 걸었다. 소은은 가는 길에 동생은 스튜디오에 있고, 어떻게 오게 되었는지를 설명했다. 스튜디오로 향하는 둘의 발걸음은 여느 때보다 조금 빨랐다.

결론은 해피엔딩이었다. 태영은 스튜디오에서 여동생을 찾았다. 남매는 지민과 소은에게 인사를 한 뒤 손을 꼭 붙잡고 집으로 돌아갔다. 소은은 누군가에게 도움을 줬다는 것이 뿌듯했다.

학교 뒤뜰은 작은 공원이었다. 산책로가 있고, 숲같이 풀들이 무성하게 자라 있었다. 그곳 한가운데는 벤치가 여러 개 있었는데, 소은이 숨을 돌리기 위해 자주 찾는 곳이었다. 조금 구석진 곳에 위치해 다른 학생들은 자주 오지 않았다.

점심시간, 지수는 병원에 입원해 있어 소은 혼자 뒤뜰에서 쉬고 있었다. 그때 태영이 다가와 "안녕." 하고 인사를 건넸다. 소은도 따라 "안녕."이라 인사했다.

저번에 조금 대화를 해봐서 그런지 어색하지 않게 일상적인 대화를 이어나갈 수 있었다. 대화를 하고 있는 와중에도 태영이 뭔가 하고 싶은 얘기가 있다는 걸 그녀는 눈치챘다. 그가 주저하자 그녀가 얘기를 해보라며 재촉했다. 그는 얘기하겠지만 듣고 싶지 않다면 언제든 거부해도 좋다고 하였다. 그녀는 상담을 받았던 기억을 떠올리며 그의 얘기를 들어주고 싶었다.

태영은 그의 힘든 현재를 얘기해 주었다. 위로해 주고 싶은데 어설픈 위로는 상처만 될 뿐이라는 걸 알기에 어떻게 해야 할까 고민했다.

소은은 힘들게 얘기해 준 그에게 보답으로 그녀의 힘들었던 과거를 말했다.

다시, 봄

예진의 이야기

그녀가 병원 앞에 도착하자 지민도 차에서 내리고 있었다. 그녀는 지민이 들고 온 남은 짐을 받아들었다. 지민은 짐을 병실까지 옮겨 주고는 저녁을 사러 갔다. 다시 혼자 남게 된 그녀는 창밖으로 저물어 가는 해를 바라보았다. 노을 때문인지 온 도시가, 병실 안이, 그녀가 붉게 물들었다. 오늘의 세상은 항상 병원에서 보던 것과는 조금 다르게 보였다.

이곳에는 의외의 추억이 있었다, 예진이 처음 병원에 입원했을 때 사용했던 것도 이 병실이었고, 지민을 처음 만난 것도 이곳이었다. 병원에서 하루하루를 보내는 것이 처음이라 두려웠던 그녀가 길을 잃고 돌아다니던 지민을 만났다.

사교성이 좋던 어린 지민은 조용히 앉아 있던 예진을 데리고 병원 앞 공원으로 나섰다. 지민은 신나서 여기저기 뛰어다녔고, 예진도 눈을 반짝 빛내며 그 뒤를 따라다녔다. 그러다 지민이 돌부리에 걸려 넘어지자 그런 소녀를 데리고 자신의 병실로 구비되어 있던 구급약으로 상처를 치료해 주었다. 소녀는 눈물을 닦고 예진을 향해 웃어보였다. 자그마한 계기였지만 그들의 지금까지의 인연을 이어준 소중한 만남이었다.

특히 지민은 그녀의 부모님이 사고로 돌아가셨을 때 무너지지 않게 버팀목이 되어 주었다. 그런 소중한 친구이기에 더욱 자신의 상태에 대해 말하는 것이 꺼려졌다. 하루, 이틀 미루다가 결국 이 상황까지 왔다. 어젯밤 그녀는 피를 뱉었다. 건강이 아주 안 좋아졌음을, 얼마 남지 않았음을 어렴풋이 깨달았다. 더이상 말하는 것을 미룬다면 그녀가 제대로 대화하지도 못한 채 헤어질지도 모른다. 그녀는 어떻게든 용기를 내서 지민에게 얘기하기로 결심했다.

낮에 만났던 작가님을 떠올렸다. 그와 얘기를 하던 중, 그는 그녀의 고민을 들어주었다. 항상 상담을 해주기만 하다가 처음 받아보는 상담이었다. 그녀는 언제쯤, 어떻게 해야 지민에게 얘기할 수 있을까를 고민하고 있었다. 그녀는 자신이 아플 때마다 지민이 항상 곁에 있었기에 고마움과 미안함을 갖고 있었다. 그는 그 이야기를 듣고 친구를 믿어보라고 조언했다. 친구가 힘든지는 대화를 해봐야 안다고, 그녀의 상태를 모르는 채로 있는 게 더 힘들 거라고 말했다.

얼마 지나지 않아 지민이 도시락을 사서 돌아왔다. 예진은 짐을 정리하는 그녀를 바라보며 작가님의 조언을 되새겼다. 그러자 소중한 친구라 힘들게 하고 싶지 않아 꺼내지 못했던 얘기를 할 용기가 조금이나마 생겼다.

용기가 사라지기 전에 그녀는 조심스럽게 친구를 불렀다. 그녀가 뒤를 돌아보자 할 말을 잊어버린 것 같이 입이 떨어지지 않았다. 할 말이 있다는 것을 눈치챈 그녀가 다가와 침대 옆 의자에 앉았다. 그리고 재촉하지 않고 차분히 말해 주길 기다리고 있었다. 예진은 그녀를 제대로 바라볼 수 없어 시선을 살짝 내렸다.

"지민아, 나. 시한부래. 얼마 남은지도 모르는."

지민은 아무런 대꾸도 하지 않았다. 예진은 눈물이 울컥 차올랐다.

"늦게 말해서 미안해. 널 힘들게 하고 싶지 않았어."

그녀의 말에 물기가 서려 있었다. 둘 사이에 정적이 맴돌았다. 아무 말 없던 지민의 눈에서 눈물 한 줄기가 흘러내렸다.

"네가……네가 뭐가 미안해."

슬픔과 분노가 뒤섞여 목소리가 떨려 왔다.

"한 번도 힘든 적 없었는데……내가 너와 관련된 일을 힘들어 할 리가 없잖아. 오히려 내가 미안해. 네가 이렇게 아픈데 빨리 눈치 못 채서 미안해."

지민이 예진을 끌어안았다. 아픈 예진을 위해 항상 웃던 지민도, 어디에서도 마음 놓고 편히 울지 못했던 예진도 서로를 붙잡고 한참을 울었다.

내가 죽는다면, 나를 사랑했던 만큼만, 나와 함께했던 시간만큼만 슬퍼해 줄래? 그 뒤로는 슬퍼하지 말아줘. 행복하게 살아줘.

그렇다면 나는 너를 위해 평생을 슬퍼할 수밖에 없는 걸. 무섭진 않아?

무서워. 그렇지만 괜찮아. 네가 내 곁에 마지막까지 있어 주는 걸. 지민아.

응?

내 친구가 되어 줘서 고마워. 기쁠 때도, 슬플 때도, 힘들 때도 언제나 곁에 있어 줘서 고마워. 내가 살아간 것은 전부 네 덕분이야. 너는 내게 선물이었고, 행운이자 행복이었어. 네 친구이자 가족으로서 살아갈 수 있어서 기뻤어. 고마워, 사랑해.

내가 더, 더 많이 고마워…….

그녀는 눈을 감는 그 순간까지 온 힘을 다해 친구를 향해 웃었다. 마치 자신은 괜찮다는 듯이. 그녀의 손이 힘없이 떨어지는 순간 마지막 눈물 한 방울이 흘렀다. 혼자 남아 슬퍼할 그녀의 친구를 위한 위로였다.

3월의 어느 날, 싱그러운 새싹과 함께 폈던 그녀는 꽃이 되어 지고 피기를 반복하며 완전해져 갔다. 그리고 이제 누구보다 단아하지만 화려한 꽃을 마지막으로 끝을 맞이했다. 그녀가 태어난 것과 같은 어느 녹색의 봄날이었다.

그녀의 장례식은 지민이 맡았고, 소은이 도왔다. 애초에 그녀가 아는 사람은 많지 않았다. 장례식에 참여한 사람도 지민과 그녀에게 도움을 받았던 소은, 그녀를 딸같이 아끼던 지민의 부모님, 가끔 연락을 하던 대학동기들뿐이었다. 큰 예외가 있다면, 그녀의 마지막 일

년에 많은 영향을 줬던 책의 작가님이었다.

그에 대해 예진에게 들은 적이 있던 지민이 그와 마주했다. 그가 찾아온 시간은 한밤중이 다 되어가는 시간이었으므로 장례식장에는 그와 그녀를 제외하고는 아무도 없었다.

예진에게 예의를 다한 그가 지민의 맞은편 자리에 앉았다. 얼마간의 침묵이 흐르고 그가 먼저 얘기를 꺼냈다.

"제가 영국에서 처음 봤던 그녀는 곧 흩어져 사라져 버릴 것만 같았습니다. 하지만 다시 보니 누구보다 위태롭지만 강인한 사람이더군요.

"그녀는 누구보다 위태롭지만 옳다고 생각하는 길을 바르게 나아가는 강인한 사람이었습니다."

지민의 말을 끝으로 둘은 다시 침묵에 휩싸였다. 그러다 그녀가 무언가 생각난 듯 가방을 뒤적거렸다. 가방에서 꺼낸 것은 책 한 권이었다. 예진이 소중하게 생각했던 책이었다. 지민은 책을 그에게 건넸다. 그는 어리둥절한 표정으로 그녀와 책을 번갈아 보았다.

"예진이가 건네 주랬어요. 이제 자기는 그 책을 못 읽으니까, 마지막 추억을 선물해 준 책의 주인에게 돌려 주고 싶다고 했어요. 이미 같은 책이 많으시겠지만, 이건 제 친구가 드리는 감사의 표시니까 받아주시겠어요?"

그가 느리게 고개를 끄덕이며 책을 받아들었다.

"감사합니다."

다시 조용한 기류가 흘렀다. 그러나 아까처럼 어색하지는 않았다.

먼저 자리에서 일어선 것은 그였다. 그는 겉옷을 챙겨들고 신발을 신었다. 지민이 그를 배웅했다. 장례식의 주인에게 가장 큰 영향을 주었던 두 사람은 그렇게 헤어졌다.

- 예진의 이야기 完

태영의 이야기

태영과 소은이 다시 만난 곳은 학교 뒤뜰이었다. 태영이 산책로를 따라 걷다 뒤뜰 벤치에 앉아 있는 소은을 발견했다.

"안녕." 태영이 먼저 인사를 걸었다. "안녕." 소은이 고개를 돌려 그를 바라보았다.

둘은 저번의 일 덕분인지 그리 어색하지 않았다. 태영이 소은의 옆자리에 앉자 그녀는 읽고 있던 책을 덮었다. 둘은 안부를 주고받는 등 일상적인 대화를 이어나갔다. 태영이 할 말이 있는 것 같았는데, 소은은 그가 뭔가를 말하는 걸 주저하고 있다는 게 보였다.

뭔가 할 말이 있는 거야? 답답함을 이기지 못한 그녀가 얘기를 꺼냈다. 그러자 그가 수심에 찬 얼굴로 고개를 끄덕였다.

사실 소은에게 할 이야기는 아니었다. 그는 그저 제 이야기를 털어 놓고 싶었다. 그러니까 그녀는 제 이야기를 들어줄 필요는 없었다. 소은과 태영은 그리 친한 것도 아니었다. 저번 일로 조금 가까워지긴 했지만, 아주 친한 친구도 아니었다. 그렇지만 태영은 소은에게 얘기하려 했다.

그가 정말 들을 필요는 없는 이야기일 수도 있으며, 듣고 싶지 않다면 거절해도 괜찮다고 몇 번을 당부했다. 그럼에도 소은은 듣고 싶다고, 자신은 고민 상담을 잘 해줄 수 있다고 강조했다. 태영이 입술을 살짝 깨물더니 이야기를 시작했다.

그의 가족은 언제나 행복했다. 그런데 어느 날 아버지가 말도 없이 사라지셨다. 실종신고를 하긴 했는데 전해 오는 소식은 없었다. 그는 아버지를 대신해 가족의 생계를 책임지기 위해 일해야 했다. 어머니는 잠시 휴직 상태였는데, 어쩔 수 없이 다시 직장으로 돌아가야 했다. 여동생은 아버지가 사라지셨다는 사실을 모른다. 단지 일을 하러 멀리 가셨다고 알고 있을 뿐이다. 그래서 저번에 모르는 사람을 아버지가 돌아오신 걸로 착각하고 따라갔던 것이었다. 아버지가 사라지신지 오랜 시간이 흐른 것 같았다.

태영의 얘기가 끝나자 소은은 고개를 숙이고 있는 그를 가만히 바라보았다. 그리고 어렵게 얘기를 해준 보답으로 자신의 얘기를 해주겠다 하였다. 그녀의 얘기가 끝나자 태영은 그의 여동생의 사진을 보여 주기 위해 가족사진을 꺼내들었다.

소은은 그 사진을 보며 왠지 모를 익숙한 느낌이 들었다. 분명 제가 알고 있는 사람은 태영과 그의 여동생인 가영밖에 없는데 두 사람의 아버지로 보이는 한 남자를 어디선가 본 적이 있는 것 같았다. 어디였지, 어디서 봤더라. 그녀는 한참을 생각했다. 그러다 친구 병문안을 갔던 병원에서 만났던 남자가 떠올랐다. 제 기억에 있는 남자는 태영이 들고 있는 사진의 남자와 똑같이 생겼으며, 눈앞의 태영과 상당히 닮았다.

소은은 설마 하고 생각했다. 태영이 여동생을 찾을 때 가영이 지민의 스튜디오에 있었던 것은 정말 우연이었다. 이번에도 같은 사람일 거라는 보장은 없었다. 그럼에도 태영과 그의 가족들이 절박하게 단서라도 찾고 있다는 것을 알았으니 혹시 모르니까 알려 줄 수밖에 없었다.

“나 최근에 이분과 닮은 사람을 본 적이 있는 것 같아.”

태영은 소은의 생각지도 못한 말에 자리에서 벌떡 일어났다.

“여기서 좀 떨어진 큰 병원에서 교통사고로 입원하신 분이었는데, 이분과 정말 닮았어. 아닐 수도 있는데, 혹시 모르니까…….”

“어디야. 어디야, 그 병원?”

태영에게 있어 혹시 모른다는 건, 닮은 사람인 것 같다는 건 아무 상관이 없었다. 단지 아버지를 찾을 수 있을 수도 있다는 게 중요했다. 두 달을 찾아 헤맨 아버지다. 아버지와 소은이 만났던 그 사람이 동일인물일 가능성이 단 1퍼센트라도 찾아가 봐야 했다. 태영은 혹시 모를 기대감에 차올랐다.

다음 날, 곧바로 소은에게 받은 주소, 병실이 적힌 종이를 들고 병원을 찾아갔다. 주현에게는 미안하지만 하루만 더-시급은 그가 받기로 하고-알바 대타를 부탁했다. 주말이라 그런지 병원을 찾는 사람은 많이 없었다. 엘리베이터를 타고 6층으로 올라가 종이에 적힌 병실 앞에 섰다.

윤기준.

이 병실의 환자의 이름 세 글자가 적혀 있었다.

갑자기 사라져버려 그토록 찾던, 그리운 아버지의 이름 세 글자가 붙어 있었다. 2인 병실이지만 이름표는 하나 밖에 없었다.

이 문 너머에 있는 사람은 아버지가 맞을 거라는 정체 모를 확신이 들었다. 그런데 문을 열 수가 없었다. 소은이 말하기론 아무것도 기억하지 못하시는 것 같다고 했다. 이미 확신은 섰는데, 그만큼 두려움도 따라왔다. 내가 아는 아버지가 아니면 어떡할까, 나를 못 알아보시면 어떤 말을 해야 하나, 애초에 아버지가 아니면 어떡하지.

태영은 크게 심호흡을 한 뒤 문을 두드렸다.

"들어오세요."

익숙한 목소리가 들려왔다. 태영의 눈가에 물기가 스며들었다.

드르륵 . 드디어 병실 문을 열었다. 병실 안에는 커다란 창문과 가습기, 옷장이 가지런히 있었다. 그리고 한 쪽에는 침대 위에 앉아서 저를 바라보고 계신……아버지가 계셨다.

억지로 참아보려고 했지만 놀란 것 같은 눈으로 저를 보는 아버지에 눈물이 터지고 말았다. 멈추지 않는 눈물 때문에 아버지를 제대로 부를 수가 없었다. 아버지가 당황스럽게 보고 있는 게 느껴졌다.

태영이 기준의 옆으로 천천히 다가갔다.

"아, 아버……, 아버지."

태영이 기준을 바라보며 조심스럽게 그를 불렀다. 울먹임이 자꾸 그를 방해했다. 태영은 버릇처럼 입술을 꽉 깨물었다.

그때, 기준이 손을 들어 태영의 눈가에서 흘러내리는 눈물을 닦아주었다.

"태영아."

기준이 태영의 이름을 불렀다.

태영은 놀랐다. 자신의 아버지는 지금 기억상실증 환자가 아니었나. 소은이 말한 '기억이 없는 것 같다'는 말도, 병원 간호사들이 말해준 환자의 병명도 모두 그가 기억상실증이라는 것을 알려 주고 있었다.

그런데 아버지는 지금 아들의 이름을 제대로 부르고 있었다. 마치 오랫동안 헤어졌다 다시 만난 가족처럼, 기억상실증 같은 건 없었던 것처럼 말이다. 그가 기억상실증이 아니었을 리는 없다. 기억이 있었거나 미리 돌아왔더라면 걱정하고 있을 가족들에게 연락을 했을 테니까. 그럼 대체 어떻게…….

"태영아, 우리 아들."

기준이 다시 한 번 태영의 이름을 불렀다.

"태영아, 아빠가 미안해. 늦게 와서 미안해." 기준이 태영을 끌어당겨 품에 안았다.

두 부자는 서로를 끌어안고 눈물을 흘렸다. 기쁨과 그리움의 눈물이었다.

그는 평범한 학생이다. 비록 아버지가 사라져서 찾으러 다니며 수많은 알바를 해보기도 했고, 가족과 생계를 위한 돈을 걱정하는 소년 가장이 되어보기도 했다. 하지만 이제는 다시 친구들과 놀로도 다니며, 공부에 관심을 기울이는 그런 학생이다.

그의 가족은 행복한 가족이다. 비록 몇 달 동안 아버지가 안 계셔 아들이 생계를 위해 일하러 다니고, 여동생은 모르는 사람을 아버지로 착각할 정도로 그리워하기도 하며, 어머니는 상당히 우울해지시기도 하는 우여곡절을 겪었다. 하지만 이제는 다시 학교가 마치고 집에 돌아오는 태영을 반기는 어머니와 가영이 있었고, 선물을 사들고 오시는 아버지가 계셨다. 그들은 덧없이 행복했고, 함께 있기에 언제나 웃을 수 있었다.

태영은 가족이 있어 살아갈 수 있었다.

- 태영의 이야기 完

소은의 이야기

소은의 손목에는 날카로운 것으로 베인 것 같은 울퉁불퉁한 자국이 있다. 손목에 그런 상처가 있다는 것을 그녀의 부모님은 모르신다. 아는 사람은 단 한 명, 친구인 지수밖에 없다.

상처가 나게 된 것은 고등학교 1학년, 입학한 지 한 달 정도가 지났을 때였다. 그녀는 가끔 공책에 그림 그리는 것을 즐겼다. 부모님이 알게 되면 쓸데없는 짓 하지 말고 공부나 하라고 말하셨을 테니 아무도 모르게 학교에 공책을 두고 다녔다. 공부 이외에 처음으로 뭔가를 열심히 해보는 것이라 더 조심히 공책을 보관했다.

그러다 고등학교에 올라오고 첫 번째 중간고사가 끝난 뒤. 다른 공책과 뒤섞여 실수로 그림 공책을 가방에 넣고 집으로 가져가고 말았다. 아직 고등학교에 제대로 적응하지 못한 건지 이번 시험에서 그녀는 7등으로 등수가 떨어졌다. 1등이 아니면 용납하지 못하시는 부모님은 불같이 화를 내셨고, 급기야 그녀의 가방을 집어던졌다.

공책이 그냥 떨어지기만 했다면 상관이 없는데, 부모님은 대체 어떻게 공부하는 거냐고 소리치면서 공책을 주워들어 펼치셨다. 그 안에는 그녀가 그동안 그린 그림들이 떡하니 자리잡고 있었다. 부모님은 딸이 공책에 공부가 아닌 딴 짓을 한다는 것에 격분했다. 더군다나 이번 시험의 성적도 떨어졌는데, 그 이유도 이런 그림이나 그리는 짓 때문이라고 생각하셨다. 그대로 공책을 부여잡고 형체도 안 남게 갈기갈기 찢어 버리셨다. 그녀는 허공에서 흩날리는 종잇조각들-그녀가 가장 아끼는 공책이었던-을 보며 심한 충격을 받았다.

다음 날은 주말이었기에 부모님은 일하러 학교에 가시고, 학원을 가기 전 그녀 혼자 집에 남아 있는 시간이 있었다. 곧 있으면 지수가 그녀를 데리러 올 시간이었지만 그녀의 눈에는 어제의 휘날리는 종잇조각들만이 잔상으로 떠다니고 있었다.

눈앞에 어제 치우지 않은 과도가 있던 것은 단순한 우연이었다. 성적이 떨어져 받은 스트레스에다 그녀의 그림들이 쓸데없는 짓으로 치부당한 일까지 더해져 그녀는 폭발할 지경이었다. 그녀는 충동적으로 과도를 쥐었다. 정신을 차렸을 땐 손목에서 피가 울컥 쏟아지고 있었다. 고통이 확 몰려왔다. 반사적으로 비명을 내질렀다.

그녀의 비명을 들은 지수가 현관문을 거세게 두드렸다. 초인종을 눌러도 쥐죽은 듯 아무도 대답이 없었다. 다시 한번 초인종을 누르려는 순간 안쪽에서 소은의 비명소리가 들렸다.

소은을 본 지수는 경악했다. 소은의 손목은 피가 멈추지 않아 엉망진창이 되어 있었다. 지수는 너무 놀라 말도 제대로 나오지 않았다. 너, 너, 이게 무슨……, 어버버 거릴 뿐이었다. 속절없이 시간이 흘러갈 동안 소은의 손목에서는 계속 피가 흐르고 있었다. 그걸 발견한 지수는 소은이 아프지 않도록 반대쪽 손목을 잡고 집 안으로 들어갔다.

지수는 구급상자를 찾아내어 소은을 앞에 앉혔다. 그리고 구급상자에서 소독약을 꺼내어 소은의 손목에 묻은 피를 조심스레 닦아냈다. 그 뒤, 붕대로 둘둘 감았다. 상처가 보이지 않을 때까지 계속.

무슨 일인지 정확히는 모르지만 손목을 그은 소은을 보며 지수는 눈물이 나왔다. 지수가 우는 걸 보자 소은도 여태까지 멍했던 정신이 돌아와 그녀도 우는 소리가 다물린 입술 사이로 새어나왔다. 둘은 손을 맞잡고 한참을 울었다.

그날, 둘은 결국 학원에 늦어 버렸고, 부모님께 전화하신 학원 선생님 때문에 다시 한번 혼났다. 소은은 혼나면서 필사적으로 붕대가 감긴 손목을 감췄던…… 적이 있었다.

소은이 이야기를 마치자 어두운 분위기에 암울한 분위기까지 더해졌다. 둘 사이엔 한동안 아무 말도 없었다. 그녀가 태영에게 어떻게 위로해야 할지 몰랐던 것처럼, 그도 비슷하게 생각하고 있을 게 분명했다.

태영이 분위기를 환기시키기 위해 여동생의 사진을 보여 주겠다며 지갑에서 가족사진을 꺼냈다. 소은은 태영과 그의 여동생 말고도 익숙한 한 사람을 발견했다. 그들의 아버지였다. 분명 어디서 본 적이 있는 사람이었다. 한참을 생각하던 그녀는 사진 속의 사람과 지수의 병문안을 갔을 때 만나 잠깐 대화를 나눈 적이 있는 그 사람과 똑같이 생겼다는 것을 깨달았다. 그때 느꼈던 익숙함은 설마 아버지와 매우 닮은 태영이었을까.

소은이 태영에게 이 사람을 본 적이 있는 것 같다고 하자 태영은 놀라 벌떡 일어났다. 그는 병원이라 말하기 무섭게 어느 병원인지 물었다. 그래서 그녀는 그녀가 알고 있는 것들을 말해 주었다. 병원 이름과 위치, 그 사람이 말해 준 병원에 있었던 이유, 혹시 기억이 없는 게 아닐까 싶다는 점과 그렇게 생각한 이유까지 상세하게 설명했다.

태영이 가지고 있던 종이에 주소를 적어 주었다. 그는 고맙다고 말한 뒤 발걸음을 재촉하여 사라졌다.

후에 태영의 가족이 무사히 만났다는 이야기를 들었다. 소식을 들은 소은은 왠지 그녀가 기분이 좋았다. 한 가족에게 도움을 줬다는 사실에 뿌듯했다.

"실력 엄청 많이 늘었네. 잡지 공모전에 한 번 투고해 봐도 괜찮을 것 같아."

새로운 소은의 디자인을 본 지민의 감상평이었다. 잡지 공모전에 투고해 봐도 좋다니 소은에게 있어 어마어마한 칭찬이었다. 그런 그녀의 칭찬에 힘입어 소은은 〈 청소년 디자인 잡지 공모전 〉에 작품을 투고했고, 신인상을 수상하는 쾌거를 이루어냈다. 이제 예진의 두 번째 조건을 달성할 수 있을 것 같았다.

거의 18년 동안 소은이 부모님께 하고 싶은 걸 당당하게 말해 본 적은 한 번도 없었다. 주말에 학원을 그만 두는 것조차도 1등 성적표를 통해서 겨우 이뤄냈다. 부모님은 여전히 그녀가 교사가 되기를 바라며 그녀의 위에 있었다. 하지만 이제 그녀는 부모님의 옆으로 올라서려 하고 있었다.

"저 디자인이 하고 싶어요."

가족들이 다 같이 모여 앉은 식탁에서 소은이 이야기를 꺼냈다. 어머니는 숟가락을 놓쳤고, 아버지는 유리컵을 놓칠 뻔했다. 두 분 다 식기를 제대로 잡지도 못하고 커진 두 눈으로 소은을 바라보았다.

"너, 너 그게 무슨 소리야."

아버지의 목소리가 화가 나신 듯 떨려 왔다.

"말 그대로에요. 저는 교사가 하고 싶지 않아요. 그쪽에 소질도 없는 것 같고요. 다만 저는 디자인이 하고 싶어요. 디자인에 흥미가 있어요. 잘할 자신도 있고요."

부모님은 어이없는 표정으로 소은을 바라보았다. 그들의 입장에서 곱게 키운 딸이 디자인을 한다는 것은 말이 되지 않는 짓이었다. 그들은 당연히 안 된다고, 흥미와 자신감만으로는 세상 어떤 것도 하겠다며 소은이 다시는 그런 생각도 못하게 단단히 혼내 줄 생각이었다.

그런 부모님을 예상한 소은은 그들이 말을 꺼내기도 전에 전의 잡지 공모전에서 받은 신인상을 꺼내들었다.

"저 사실 디자인을 배웠어요. 그리고 이건 잡지 공모전에서 받은 상이고요. 제가 소질이 있다는 것을 전문가이신 이분들이 인정해 주신 거예요."

부모님은 소은이 건네 주는 상장을 받아들었다. 몇 번을 다시 봐도 신인상 밑에 적힌 것은 임소은. 딸의 이름 세 글자와 고등학교 이름이었다. 상패까지 있었기에 진짜 소은이 타왔다는 것을 인정할 수밖에 없었다.

그들은 할 말이 없어졌다. 소은의 말은 적지 않게 충격으로 다가왔다. 한 번도 딸은 그들의 말에 반항한 적이 없었다. 그들은 딸이 최고가 되기를 바라는 마음으로 항상 보살폈으며, 딸도 그에 보답하듯 순순히 따라주었다. 딸이 하고 싶다 한 것은 언제나…… 딸이 하고 싶었던 것을 말한 적은 있었나?

부모님은 디자인을 하고 싶다는 소은에 극구 반대했다. 하지만 어느 정도 시간이 흐르자 그들도 딸은 디자인을 하게 될 거라는 것을 인정했다.

거의 18년을 부모님의 인형처럼 살았다. 힘들어도 아파도 참고 따르는 수밖에 없었다. 하지만 이제는 달랐다. 하고 싶은 일을 당당하게 말할 수 있었다. 너무 힘들다고 말할 수 있었다. 그녀는 본인의 노력으로 삶을 변화시켰다.

앞으로 디자인계의 거장이 될 그녀의 한 보 전진이었다.

- 소은의 이야기 完

한국에서 남성으로 살아남기

이번 '책쓰기' 활동을 통해 평소 하고 싶은 말들을 남들에게 표현할 수 있는 기회를 가지게 됐다. 평소에 SNS를 많이 하지만 주로 남들의 글을 읽을 뿐이었고, 글을 올린 적은 없었다. 거의 처음으로 가지게 된 기회였다. 나는 하고 싶은 말이 많았고 그걸 글로 썼다. 하고 싶은 말이 많았기에 소설이라고 내 글을 단정짓기엔 조금 어설프다. 하지만 이 또한 나의 스타일로 승화시키겠다. 어릴 때부터 독서는 꽤 좋아하는 편이었다. 그래서 나름 자신 있게 책 쓰기를 시작했지만 막상 시작하니 달랐다. 여러 번 엎기도 했다. 한 쪽을 쓰는 데 몇 시간이 걸리기도 했다. 마침내 완성을 한 후 엄마가 내 글을 읽으시곤 처음보다 많이 좋아졌다고 하셨다. 내가 말하기는 좀 창피하지만 그래도 책 쓰기를 시작한 나름 짧은 기간 동안 나 스스로 여러 방면에서 성장한 느낌이 들었다. 주제를 잡는 것부터 교정하는 것까지 많은 것을 얻었다. 나의 관심사, 취미 등을 생각하면서 하고 싶은 것은 무엇인지, 표현하고 싶은 것은 무엇인지 등을 자세히 알 수 있는 기회가 되었다. 주변 친구들에게 교정을 맡기면서 내가 생각한 것과 남들이 생각하는 것은 다르단 것을 깨달았다. 또 글을 읽고 자신의 고정관념에 대해 생각해 봤다는 친구도 있었다. 이렇게 내 글의 취지를 잘 알아 준 사람이 있을 때 정말 기쁘고 안도감이 들었다.

일단 성별이 반전된 사회를 통해 우리 사회의 성차별을 인식하고자 했다. 소설 속 사회에서 남성이 머리를 기르고 치마를 입고 화장을 하는 것에 대해 자연스레 여기는 부분이 좀 이상하고 어색하게 느낄 수 있을 것이다. 이 어색함과 이유의 원인은? 바로 고정관념 때문이다. 지금 우리 사회에서 여자가 머리를 기르고 치마를 입고 화장을 한다고 해서 이상하게 볼 사람은 아무도 없었다. 나는 이 고정관념을 깨고 싶었다.

이 책을 쓰면서 나도 많이 변화했다. 일단 가장 큰 변화는 중학교 때부터 가슴까지 오는 긴 머리를 유지하던 내가 첫 단발을 했다. 자른 머리카락은 기부를 했다. 단발한 것에 대해 전혀 후회하지 않는다. 너무 편하고 좋다. 또 다른 변화라면 화장을 많이 안 하기 시작했다. 원래 화장을 많이 하는 편은 아니다. 그래도 고등학교 올라와서 학기 초까지 미백크림을 바르고 눈썹 정도는 그리고 등교를 했다. 이제는 선크림만 바르고 등교한다. 아침 시간이 많이 여유로워졌다. 완전히 탈코르셋을 한 것은 아니지만 그래도 하나하나씩 벗어나 내 진정한 모습을 찾아가는 중이다.

사람들은 페미니스트를 보고 너무 예민하고 불편한 것 아니냐고 말 한다. 나는 더 많은 사람들이 예민하고 불편했으면 좋겠다. 나도 더 예민하고 불편해질 것이다. 그렇다고 예민해지라고 굳이 강요하는 것은 아니다. 편하게 살아도 된다. 하지만 자신이 겪는 차별에 대해 무지하다는 것은 안타까운 일이라고 생각한다. 목차의 제목 중 하나인 '불편한 용기'처럼 결국엔 불편한 용기가 세상을 바꿀 것이다. 나는 세상을 바꾸기 위해서 계속 접하고 공부한다. 페미니즘을.

여성뿐만 아니라 이 사회에서 소수자로 살고 있는 모든 이들이 평등한 사회에서 사는 날이 오도록 노력하겠다.

| prologue |

거울 속 사회

이 소설에 등장하는 사회의 세계관은 우리가 지금 살고 있는 사회와 다릅니다. 현재 우리 사회에서는 여성이 소수자이고 남성이 기득권자입니다. 이 소설 속 사회는 남성이 소수자이고, 여성이 기득권자입니다. 쉽게 말해 남성과 여성이 반전된 사회로, 남성이 차별받는 사회입니다.

생물학적인 성의 특징은 같습니다. 반면 사회적인 성인 '젠더'로서의 특징은 반대입니다. 사회가 만든 성별에 대한 이미지, 사회적 위치, 고정관념들이 우리 사회와 반대됩니다.

우리 사회에서 '여성스러움'은 조신하고 우아하고, 흔히 '핑크색'을 떠올리고, '남성스러움'은 과묵하고 거칠고 흔히 '파란색'을 떠올립니다. 소설 속 사회는 당연히 이와 반대입니다. 우리 사회에서의 여성스러운 이미지는 소설 속 사회의 남성스러운 이미지로 인식되고, 우리 사회에서의 남성스러운 이미지는 소설 속 사회의 여성스러운 이미지로 인식됩니다. 이를 염두에 두고 소설 속 사건과 현실 사회의 사건을 비교하면서 읽어 주시기 바랍니다.

남혐사회

가정

“나는 결혼 안 할 거야.”

“아빠도 어릴 때는 다 그랬어.”

“남자는 그냥 집에서 애나 보잖아.”

“솔직히 엄마 같이 능력 좋은 사람 만나서 애 보는 것도 나쁘진 않아.”

아빠는 조용히 식탁을 닦으며 말했다.

“뭐? 남수야, 결혼 안 할 거라고?”

엄마가 신문을 펼치며 소파에 앉았다.

“그런 애들이 제일 먼저 결혼 하더라.”

“아 난 진짜 안 한다고.”

“진짜? 녹음해라, 녹음. 이거 이십년 뒤에 들어봐라 엄마가 틀린

말 하는지."

"이십 년 뒤에도 난 결혼 안 할 거야."

남수는 방문을 닫았다.

솔직히 남수의 엄마 같은 사람 만나서 결혼하는 것도 나쁘진 않다. 남수의 엄마는 소위 '사'자 직업이라 불리는 직업 중 하나인 의사였다. 40대라는 것이 놀라울 정도로 자기 관리를 열심히 하고, 키도 크고 꽤 잘 생겼다.

남수의 엄마는 가모장제 가정에서 자랐다. 엄마는 미래에 그 가모장제 가정의 가장이 되겠다는 신념이 있었다. 의사가 된 후 이제 자신은 가장이 될 자격이 있다고 생각했고, 굳이 자신보다 능력 있는 남성을 만날 필요가 없다 생각하여 그저 예쁘고 조신한 배우자를 원했다.

친한 언니가 아는 후배 중에 괜찮은 애가 있다고 만남을 주선했고, 그때 만난 상대가 지금의 남수 아빠였다. 둘은 소개팅 이후로 몇 번의 데이트 후 연애를 시작했고, 1년간의 나름 짧다면 짧은 연애 끝에 결혼했다. 남수의 아빠는 꽤나 예뻤고 그에 맞게 예쁘게 꾸미고 다녔다. 은행에서 일 했는데, 엄마와 결혼한 후 바로 일을 그만두었다.

대한민국에서 출산은 여성의 몫이고, 육아는 대부분 남성의 몫이다. 여성들이 받는 출산휴가는 많은 혜택이 있다. 대한민국은 출산에 엄청난 의미를 둔다. 출산을 한 여성에게는 6개월 이상의 출산휴가가 주어졌고, 출산 전후로 사용이 가능했다. 6개월 중 3개월은 유급으로 정해져 있었다. 그에 비해 남성의 육아제도는 여성의 출산휴가

만큼 혜택을 받지 못했다. 남성의 육아제도는 1년이며, 이런 제도로는 육아를 하면서 일을 하기 힘들었다. 육아를 하는 남성들은 자신이 하고 있던 일을 그만두어야 했다. 육아제도를 써 버리면 해고당할 게 뻔했다. 자신이 아니더라도 밑에 들어올 사람은 넘쳤다. 당연히 회사 입장에서 남성을 고용하는 것은 불이익이라 생각했고, 남성은 여성보다 취업하기가 힘들었다. 남성이 학력이 더 높더라도 여성이 취업에 성공하는 경우가 태반이었다. 남성들에게는 보이지 않는 '유리천장'이 존재했다. 남성은 여성에 비해 승진하기 힘들고, 여성과 남성이 같은 직급임에도 불구하고 남성은 여성보다 적은 임금을 받았다.

남수의 아빠도 안정적인 직업을 얻기 위해 학창시절에 꽤 공부를 열심히 했다. 하지만 몇 년 일하다 결혼을 한 후 바로 직장을 관뒀다. 사실상 관둘 수밖에 없었다. 남수의 아빠는 자신이 학창시절에 공부한 것이 조금 아쉽다는 생각을 했지만 지금 삶도 나쁘지 않았기에 좋은 게 좋은 거라고 생각하며 넘겼다.

남수의 아빠처럼 돈 잘 버는 직업과 우월한 외모의 배우자를 만나는 삶을 원하는 남성들도 있을 것이다. 아마 많을지도 모른다. 하지만 남수는 아니었다. 남수는 아빠처럼 되기 싫었고, 남수는 비혼주의자이다. 남수는 사회가 많은 남성들을 경력 단절의 길로 몰아간다고 생각했다.

"혹시 오빠 마초이스트 뭐 그런 거야?"

밥을 먹다 여진이 남수에게 물었다.

"갑자기 왜?"

"아니 엄마가 오빠 결혼 안 한다길래 혹시 그건가 해서."

"결혼 안 하면 다 마초이스트냐, 그리고 마초이스트가 어때서?"

"아니, 우리 학교에 그런 애들 있던데 별로 이해가 안 가. 솔직히 여혐 좀 심하잖아."

"마초이즘은 여혐 아니거든? 여혐을 해서 평등해지자가 아니라 남성의 권리를 좀더 올려서 동등한 위치에 서자 이거지."

"음, 이해는 되네. 그래서 오빠도 마초이스트?"

"뭐 그렇다고 해야지. 아직 잘 몰라서 공부 중이야."

역시 여진이랑은 말이 안 통한다. 한여진. 나보다 두 살 어린 여동생이다. 막둥이에 여성으로 태어난 여진이는 당연히 나의 말을 이해 못하리라 생각하긴 했다. 그동안 불이익 없이 살아왔을 테니. 여진이도 어쩔 수 없는 한녀였다. 한녀는 대한민국 여자를 줄인 말인데 SNS 상에서 마초이스트끼리 여성들을 부를 때 쓰는 말이다. 근데 이 말이 한녀들의 기분을 상하게 한 것 같다. 기사, 방송에서는 '된장남, '김치남' 이런 남성혐오적인 단어를 수 없이 쓰면서 '한녀' 라는 단어를 쓰면 난리가 난다. 여혐이니 뭐니. 줄여 쓰면 큰일 난다.

남수가 살고 있는 이 세상은 여성중심사회다.

대한민국뿐만 아니라 전 세계에는 많은 남성혐오가 존재한다. 강간, 시선강간, 불법촬영, 남성을 대상으로 한 범죄들이 굉장히 많다. 남성들 또한 일상생활에서 남성혐오를 흔히 하고 이를 인지하지 못하고 그냥 지나칠 때가 많다. 남수는 이러한 혐오들이 불편해졌고,

마초이스트가 됐다.

남수가 마초이즘에 대해 알게 된 것은 2년 전, 강남역 살인사건 이후이다. 이 사건은 강남역 공중 화장실에서 한 여성이 강남역의 한 공중 화장실에 들어가 30분 정도 기다리다 한 남성이 들어오자 그 남성을 살해한 사건이다. 이 사건을 '묻지마 범죄'로 언급하기도 하지만 이는 엄연히 남성을 대상으로 한 '남성혐오 범죄'이다. 피해자 남성이 들어오기 전에 세 명의 여성들이 들어왔지만 범인은 이 여성들은 지나치고 남성을 살해했기 때문이다. 또한 가해자인 여성이 자신은 평소 자신보다 잘 나가는 남성들을 보며 열등감을 느꼈다고 진술했다.

아직도 이 사건만 생각하면 남수는 복잡한 감정들이 얽혔다. 남성이라는 이유만으로 살해당한 것에 분노했고, 자신도 그 남성에 속해 있다는 사실이 두려웠고, 오늘도 대한민국에서 남성으로 살고 있으며 다행이도 죽지 않고 살아 있다는 것에 안도하는 자신이 슬펐다.

이 사건 이후로 마초이즘은 대한민국에서 뜨거운 이슈가 되었다. 마초이즘에 대한 방송, 도서 등이 굉장히 많이 나왔고 마초이즘을 지지하는 사람들이 많아지기 시작했다. 남수도 그중 한 명이었다.

'마초이즘'은 '남성우월주의'이다. 그리고 이 '마초이즘'을 지지하는 사람을 '마초이스트'라고 불렀다. '마초이즘은 여성혐오다'라는 논리로 비난을 하기도 했다. 하지만 마초이즘은 여성의 권리를 낮추어 남성들이 권리를 얻는 것이 아니다. 사회에서 상대적으로 지위가 낮은 남성의 권리를 보장함으로써 성 평등을 이루자는 것이다.

남수는 사회를 한탄했지만 이런 사회를 만든 것 또한 우리들이기에 자신이 만들어 갈 사회는 이런 사회로 만들고 싶지 않았다. 남수는 평등한 사회를 원했고, 세상에 자신이 하고 싶은 말들을 전하는 게 꿈이었다.

남수는 유튜브에서 본 한 유명인의 말을 되새기며 늘 이런 마인드로 살기를 노력했다.

"내가 아니면 누가? 지금이 아니면 언제?"

교복

'망할 교복! 망할 학교!'

3월 중반, 이제는 날이 제법 풀렸다. 스타킹을 안 신어도 충분할 거라 생각한 남수는 스타킹을 신지 않고 등교했다. 그리고 남수는 선도부에게 붙잡혔다. 이유는 아직 '스타킹을 신어야 하는 기간'이었기 때문이다. 남수는 어이가 없었다.

'아니 내가 안 춥다는데 왜?'

남수는 남녀공학 학교에 다녔고 남학생들은 교복치마를 입었다. 여학생들은 교복바지를 입었다. 치마를 입는 남학생들에게는 스타킹을 신어야 한다는 것이 추가된 교칙이다.

사실 학교에서 남학생들의 바지 착용도 허락했으나 바지를 입는 남학생은 한 학년에 두세 명 정도로 극히 드물었다. 교복치마보다 교복바지가 훨씬 편할 거란 사실을 알고 있지만 다들 치마를 입으니깐 그냥 입는 것이었다. 그게 자연스러웠다.

교복은 정말 비효율적이고 불편하다. 학생의 신분을 나타내기 위해서 굳이 불편한 교복을 입어야 하나 싶다. 가까운 나라 중국처럼 체육복 같은 교복이더라도 학생의 이미지를 나타낼 수 있을 텐데.

교복의 장점으로 제시하는 것 중에 대표적인 것이 학생들 간의 빈부격차를 보이지 않는다는 점이다. 그러기엔 교복 값이 그리 저렴하지는 않았다. 와이셔츠 하나 가격은 4만 원대였고, 치마와 바지는 5~6만 원대였다. 와이셔츠 같은 경우에는 두 개를 사는 경우가 많다. 그리고 조끼, 마이 추가로 가디건 등을 살 경우에는 30만 원이 거뜬히 넘었다.

현재 대부분의 학교 교복은 동복, 춘추복, 하복을 입는 시기로 나뉜다. 동복은 와이셔츠, 조끼, 마이, 넥타이(혹은 리본, 혹은 없음)의 형태를 갖추고 날씨가 추울 때 겉옷을 허용한다. 춘추복은 와이셔츠에 조끼, 마이, 넥타이를 갖추어야 하고 춘추복을 입는 시기에 학교 가디건을 위에 입는 것은 허용하나, 후드티, 후드집업을 허용하지 않는 학교들도 있다.

하복을 입는 시기에는 와이셔츠 또는 생활복을 입는 학교가 있다. 더운 여름에 더 잘 활동하라고 생활복을 허용한다면 굳이 하복용 와이셔츠가 왜 필요한지는 의문이다.

동복용 교복인 '마이'는 두꺼운 재질의 마이를 채택한 학교도 있으나 대부분 부직포 재질의 마이였고, 아무짝에도 쓸모없었다. 보온용 옷 치고는 따뜻하지 않았고 오히려 불편했다. 마이를 입고 만세

자세를 취하기 힘들었다. 몇몇 학교는 마이 위에 겉옷 입는 것을 허용했다. 마이 위에 또 겉옷을 입을 경우 필기도 제대로 못할 만큼 팔을 움직이지 못했다.

교복을 입는 학생들의 활동성에 대해서는 전혀 고려하지 않았다.

교복은 성차별적인 요소가 굉장히 많다. 일단 교복 자체를 여학생용 교복과 남학생용 교복을 따로 판다. 여학생용 교복과 남학생용 교복은 많은 차이가 있다. 기본적으로 여학생들은 교복바지를 입었고 남학생들은 교복치마를 입었다.

특히 남학생의 하복 셔츠는 팔을 들면 배가 보일 정도의 짧은 길이였고, 허리 라인이 들어가 있었다. 생물학 특성상, 여성보다는 남성의 몸집이 더 컸다. 그런데도 불구하고 남성의 교복은 여성의 교복보다 더 타이트 했다. 그에 비해 여학생들의 교복은 크고 활동하기 더 편하다.

학교는 남학생들에게 아동복 수준의 교복을 만들어 놓고는 단추를 꼭 잠그게 했다. 성장하는 학생들이 똑같은 사이즈의 교복을 3년 내내 입는 것은 무리였다. 정말로 단추가 잠기지 않는 학생은 학생부에게 단추가 잠기지 않는 것을 확인한 후 확인증을 만들도록 하는 학교도 있다. 하복 셔츠 안에는 꼭 흰색 반팔 티를 입게 했다. 다른 색깔의 티는 허용하지 않았다. 학생답지 않다는 이유였다. 이와 같은 이유로 양말 색깔을 흰색 또는 검은색만 신게 하거나, 아직도 몇몇 학교는 머리 길이를 규제한다.

지겹도록 말하는 학생다움, 학생다움이 문제였다.

도대체 학생다운 게 뭔가?

"야 한남수, 나 치마 줄였다! 어때?"

동혁이는 엉덩이만 겨우 덮고 있는 교복치마를 입고 빙그르르 돌며 말했다. 주변 친구들도 동혁을 쳐다보았다.

"어. 그래 예쁘다."

남수는 본 체 만 체하며 대충 가방을 놓으며 말했다.

"뭐야. 아침부터 왜 이렇게 다운됨? 아, 너도 스타킹 걸렸냐. 큭."

남수의 맨 다리를 보고 동혁은 위로의 의미로 남수의 어깨를 툭툭 치며 말했다.

남수는 동혁의 치마와 자신의 치마를 번갈아 보며 집에 하나 더 있는 자신의 치마도 줄이러 가야겠다고 생각했다. 아직 학기 초라 교복을 줄이지 않았다. 일반 치마 종류에는 긴 치마도 있지만 교복 치마는 짧은 게 예쁘다고 많은 남학생들은 생각했다. 애초에 교복을 살 때부터 치마를 2개 혹은 이상을 사서 학교 규정에 맞는 치마 하나와 짧게 줄인 치마인 일명 '짧치' 하나를 입고 다녔다. 이 짧은 치마는 보통 교복을 입고 놀러갈 때나 학교 행사 등 나름 특별한 날에 입었다. 물론 그냥 학교에서 짧게 줄인 치마를 입는 남학생들도 있긴 있었다. 하지만 대부분의 학교 규정은 무릎을 덮는 길이어야 했으므로 학교에서 짧은 치마를 입고 다니다 걸릴 경우 벌점을 받았다. 학교 규정을 어기면서까지 남학생들이 짧은 치마를 입는 이유는 긴 교복치마를 입으면 예쁘지 않기 때문이다. 짧은 치마가 더 예뻤다.

"왜 예뻐야 하지?"

美의 기준

탈코르셋

대한민국엔 암묵적으로 '미의 기준'이 있다.

쌍꺼풀이 있는 큰 눈, 높은 코, 하얀 피부, 마른 몸매 등의 조건에 맞는다면 대한민국에서 예쁜 남성 축에 든다. 이러한 조건에 맞지 않는 남성들은 못생긴 남자라고 욕을 먹기도 했고 그 얼굴을 재미로 삼는 남성들도 있다. 많은 남성들은 자신의 얼굴이 예쁜 조건에 맞도록 노력했다. 그러다 보니 성형을 하는 사람들의 대부분 남성이었다. 성형 광고에 쓰이는 모델들도 대부분 남성이었다. 성형은 남성들의 대화에서 흔히 나오는 주제이다. 자신의 얼굴을 깎아 내리며 어떤 부분을 고치고 싶다고도 하고, 상대방이 나의 얼굴에 대해 평가해도 그것을 조언으로 받아들이기도 했다. 하지만 성형은 쉽게 할 수 있는 것이 아니었다. 부작용의 가능성도 있고, 비용도 만만치 않았다.

성형대신 쉽게 미의 기준에 들기 위해서 남성들이 할 수 있는 것은 화장이었다. 남성의 화장은 기본이다.

이렇게 남성들은 자신의 얼굴을 인정하지 못한 채 사회가 만들어낸 이미지에 맞춰 살아가기 바빴다.

삐빅 삐삑 삐빅 삐빅 삐….

7시를 알리는 휴대폰 알람소리가 멈췄다. 교복을 갈아입고 남수는 화장대 앞에 앉았다. 여느 때와 같이 기초부터 시작한다.

스킨을 바른다. 로션을 바른다. 선크림을 바른다. 쿠션을 두드린다. 눈썹을 그린다. 아이브로우로 눈 밑 애굣살도 그려준다. 음영 섀도를 쌍커풀 라인 따라 발라 준다. 눈 밑에는 옅은 붉은끼가 도는 섀도를 발라준다. 브러쉬에 코랄색의 블러셔를 바르고 한 번 털어 준 다음 광대라인을 따라 발라 준다. 마지막으로 코랄색의 틴트를 입술에 발라 준다. 오늘도 자연스러운 학교용 화장이 완료되었다. 마무리로 살짝 달궈진 미니 고데기로 앞머리를 동그랗게 말아준다. 30분 정도 지난 후, 등교 준비가 끝난 남수는 집을 나섰다.

7시 59분. 등교시간인 8시까지 1분이 남았다. 그때 마스크와 안경을 쓰고 머리를 위로 묶은 동혁이 헐레벌떡 뛰어 들어왔다.

"한남수, 나 화장품 좀!!!!"

"너 오늘 완전 폐인이다."

남수는 자신의 파우치를 동혁에게 건네며 말했다.

"와. 7시 반에 일어났음. 나 오늘 주인이 만나기로 했는데. 망했다."

퍼프가 동혁이의 얼굴에서 톡톡 거리면서 까만 동혁이의 얼굴이 하얘지고 있었다.

주인이는 동혁이의 여자친구다. 원래도 화장을 했지만 주인이를 만날 때면 동혁이는 좀더 진한 화장을 했다. 주인이에게는 예쁜 모습을 보여 줘야 하니 뭐니 남수에게 설명을 한 적이 있다.

동혁이도 마초이즘에 관심이 많다. 아무래도 남수와 같이 다닌 영향이 크기도 하다. 남수가 마초이즘에 대해서 설명해 주기 전까지 자신이 겪고 있던 차별과 자신이 하고 있던 차별에 대해서 인식하지 못했고 마초이즘을 안 이후로 세상에 불편한 것들이 많아졌다. 그 불편함이 오히려 좋았다. 남수와 동혁이는 학교에서 마초이즘 동아리를 만들어 함께 활동을 하고 있다. 동아리에는 남수와 동혁이 외에도 생각이 맞는 몇몇 남학생들도 함께 했다. 동아리에서는 마초이즘에 관한 책을 읽거나, 함께 여러 사회문제에 대해 토론을 하기도 했다. 일부 차별적인 발언을 하는 '꼰대'라고 불리는 선생님들을 보며 화를 내기도 했다. 그리고 화가 난 부분에 대해 학교 곳곳에 포스트잇을 여러 개 붙여 문제점을 알리기도 했다.

남수와 동혁이의 학교는 여남공학이었다. 이를 안 좋게 보는 학생들도 많았다. 대놓고 마초이즘 활동을 하는 학생들 앞에서 "아 여혐새끼들."이라며 욕을 하는 학생들도 있었다. 학교 군데군데 벽에 마초이즘에 관한 포스트잇을 붙이면 이를 뜯어 버리거나 포스트잇 밑에 욕을 적는 학생들도 있었다.

마초이즘은 남성인권 운동이기 때문에 이를 반대하는 여학생들이 많았다. 하지만 100퍼센트 여학생이라고 할 수 없었다. 몇몇 남학생들은 마초이즘을 하는 학생들을 좋지 않게 보기도 했다. 이런 남학생들에게 억지로 마초이즘을 강요할 수는 없는 것이다. 그들의 인권 감수성이 마초이즘 성향의 학생들에 비해 상대적으로 낮다.

남수는 자신이 겪는 혐오에 대해서 알지 못하고 혐오에 대해 부당함을 못 느끼는 남학생들이 안타깝게 느껴졌다. 불편한 자신이 좋았다.

남수는 학교에서 마초이즘에 대한 활동을 많이 하는 편이었다. 그리고 이를 반대하는 학생들이 많다 하더라도 남수는 괜찮았다. 남수의 생각을 지지해 주는 학생들도 있었고 그들로 인해 용기를 얻었기 때문이다.

동혁이는 아직 예쁜 것이 좋았다. 자신이 하고 있는 것이 코르셋이라는 것은 인지한다. 하지만 코르셋을 하지 않는다 해서 누군가 자신에게 진정한 마초이스트가 아니라고 할 자격도 없으며 탈코르셋을 하라고 강요할 자격도 없었다. 어쨌거나 나는 마초이스트라고 동혁이는 생각했다.

동혁이가 화장하는 것을 구경하던 남수는 문득 동혁이에게 물었다.

"야, 화장이 코르셋이라 생각해, 아니면 자유라고 생각해?"

"음, 내가 지금 이렇게 학교 오자마자 화장을 하고 있는 거 보면 코르셋이라 생각해. 네 립스틱 좀."

화장을 거의 끝마친 동혁이는 남수의 립스틱을 바르며 말했다.

남수도 그렇게 생각했다. 남수 자신도 화장이 이제는 습관이 되었고, 안 하면 어색했다. 감기에 걸리지 않았음에도 마스크를 써 화장 안 한 얼굴을 가리는 학생들도 있었다.

우리는 왜 이러고 있을까?

예뻐 보이기 위해서?

그럼 왜 예뻐 보여야 할까?

남수는 사실 꽤나 오래전부터 '탈코르셋'에 대해 관심이 있었다.

이게 코르셋이라는 것을 알고 있음에도 자신은 사회가 만든 이미지를 따라가고 있었다. '코르셋'이라는 단어는 아름다운 몸매로 보이기 위해 건강을 극단적으로 포기하고 쓰였다는 점에서 유래가 되었다. 자신이 하는 행위가 자발적이지 않고 사회나 여성에 의한 억압이라고 판단하면 코르셋이라고 부른다.

대표적으로 화장을 예로 들 수 있다. 하지만 이 화장에 대해서 남성들 사이에서 자기만족이라는 의견과 코르셋이라는 의견으로 많이들 갈리곤 한다. 남수도 처음 화장에 대해서 생각해 봤을 때 화장은 자기만족이 아닌가? 라는 생각을 했었다. 하지만 그러기엔 남성의 이미지와 여성의 이미지가 너무나 달랐다. 코르셋은 우리 주변에서 쉽게 볼 수 있다. 우리는 코르셋과 함께 살아간다. 아침에 동혁이처럼 학교에 화장을 하지 않은 채로 등교를 하는 친구가 있으면 얼굴을 보고 놀리곤 했다. 화장을 잘 하지 않는 축에 드는 남자애들도 틴트 정도는 바르고 다녔다. 민낯으로 돌아다니는 것은 창피한 일이었다. 몇몇 여학생들은 화장을 하지 않은 남학생들을 보고는 자기관리를 안 한다고 말하기도 했다.

남성들에게 화장은 '예의'였다. 그렇다면 여성들에게도 화장은 '예의'인가? 그렇지 않다. 우리는 어릴 때부터 '화장은 남자가 하는 것'이라는 고정관념이 박혀 있다. 화장하는 여성은 부자연스러웠고, 화장하는 남성은 자연스러웠다.

요즘 많은 곳에서는 사회가 만들어 낸 코르셋에서 벗어나자는 '탈코르셋'을 지지하는 사람들이 많아지고 있는 추세였다. SNS 등에서 '탈코인증'이라는 글과 함께 화장품을 다 부수는 인증샷이나 긴 머리에서 숏컷을 한 인증샷 등을 올리는 것이 유행이었다. 사실 이때까지 해 오던 코르셋을 갑자기 탈피한다는 것은 굉장히 어려운 일이다. 하지만 남수는 많은 남성들이 탈코르셋을 한 것을 보니 용기가 났다. 그리고 다들 힘든 것을 알기에 탈코르셋을 강요하지 않았다. 우리는 서로의 용기였다. 한 사람 한 사람씩 하다 보면 언젠가는 이루어질 것이라고 믿었다.

삐빅 삐삑 삐빅 삐빅 삐….

어느 때와 같이 7시를 알리는 휴대폰 소리가 멈췄다. 원래 같으면 화장을 해야 하는 시간이었다. 하지만 남수는 화장대 앞에서 잠시 멈췄다. 스킨을 바르고 로션을 바르고 선크림을 발랐다. 더이상 바르지 않았다.

차마 탈색 돼 허옇게 된 입술은 볼 수 없어 코랄색의 틴트를 한

번 발라준다. 시간이 5분도 채 걸리지 않았다. 남수는 평소보다 이른 시간에 집에서 나왔다. 여유로웠다. 내일부터는 늦게 일어나도 됐다.

"뭐야, 너 오늘 화장 안 했네?"

등교시간을 1분 남기고 도착한 동혁은 남수를 보자마자 놀라며 물었다.

"어, 귀찮아서. 이제 거의 안 하려고."

"대박이다. 난 쌩얼로 못 돌아다니겠던데. 쪽팔려."

"사실 아직 조금 어색하긴 해."

남수는 머쓱하게 웃었다. 그러곤 말을 덧붙였다.

"뭐, 어때. 내가 하겠다는데."

4시30분.

학교가 일찍 끝나 남수는 학교 근처 카페로 갔다.

남수의 옆으로 중학생으로 보이는 남학생 세 명 모두 허벅지 반틈 정도를 가리는 짧은 치마를 입은 채 지나갔다. 한 학생의 입술은 레드, 다른 학생의 입술은 오렌지, 나머지 학생의 입술 색은 핑크였다. 세 학생들의 눈은 다양한 색깔들과 함께 반짝였다. 남수의 입술 색은 옅은 핑크색이었고 눈 밑은 다크서클 때문에 조금 파랬다. 치마 대신 편한 체육복 차림이었다.

화장을 하지 않은 채로 밖을 돌아다니는 날은 남수가 화장을 시작한 이래로 처음 있는 일이었다. 집 근처에 갈 때도 눈썹을 그리고 틴트 정도는 바르고 항상 나갔다. 하지만 지금 남수는 틴트도 바르지 않았다. 화장 안 한 얼굴을 가리기 위한 용도의 마스크도 쓰지 않았다.

화장을 안 한 채로 밖에 나오니 남수는 정말 어색했다. 얼굴을 자신 있게 들고 다니지 못했다. 하지만 자신이 부끄러울 필요는 없다는 것을 알고 있는 남수는 어색하지만 당당히 걸어갔다.

"헐. 너 머리 잘랐네?"

남수가 놀란 눈을 하며 말했다.

"응, 완전 편해."

주연은 머리를 한 번 털며 말했다.

주연은 남수의 중학교 동창으로, 남수의 학교와 멀지않은 한 남고에 다니고 있다. 주연 또한 마초이스트이고, 주연은 탈코르셋을 한 지 꽤 되었다. 일 년 전, 긴 웨이브 머리에서 단발로. 그리고 최근 단발에서 투블럭 머리까지 했다. 화장도 마초이즘을 알게 된 이후로 안 했다. 주연에게 화장은 꾸밈노동이었다.

"숏컷 편해?"

"자르고 나니깐 완전 편해. 오히려 긴 머리보다 관리하기 조금 힘들 것 같긴 한데 그래도 머리감는데 5분도 안 걸림."

"대박. 나는 감고 말리면 기본 30분인데…."

"근데 너 오늘 화장 안 했네?"

"어. 이제야 탈코를 해보려고."

"오, 멋지십니다~"

주연은 탈코르셋을 한 후 다양한 반응들을 볼 수 있었다. 처음 화장을 하지 않고 학교에 간 날, 친구들은 놀라며 주연의 얼굴을 보고 말했다.

"오늘 어디 아프냐? 안색 완전 안 좋아."

"화장 좀 해라."

그리고 숏컷을 한 날의 반응은 이랬다.

"좀… 여자 같다."

"언니~ 잘생겼어요!"

주연은 아프지 않았다. 주연은 여자가 아니라 남자였다. 그저 화장을 안 하고 머리를 짧게 잘랐을 뿐인데 이런 말들을 들었다. 주연은 주변 남자 아이들 사이에서 튀는 편이었다.

짧은 머리는 남성의 이미지가 아니기 때문이다. 사회가 정한 남성의 이미지는 긴 머리고 여성의 이미지는 짧은 머리였다. 주연은 짧은 머리였고, 사회가 부여한 이미지와는 다른 모습이었다. 하지만 주연은 당당했다. 사실 당당하다는 말도 이상한 말이다. 주연이 숨을 필요는 없다. 주연은 그저 자신답게 살아가고 있는 것이다. 주연은 저로 인해 많은 친구들이 사회에서 주어진 이미지에서 벗어나 자신의 본 모습을 있는 대로 받아들일 수 있도록 용기를 주고 싶었다.

마초이즘에 관심 있는 이들도 흔히 착각하는 것이 있다. 남수는 인터넷을 하다 한 영상을 봤다. 평소 뚱뚱한 이미지의 한 남성 연예인이 활동 경력 십 몇 년 만에 처음으로 수영복을 입고 수영을 하는 모습이 편집된 예능이었다. 이 영상 밑에 달린 댓글은 이러했다.

'와 멋지다.'

'당당한 모습 보기 좋아요!! 파이팅!!'

'뚱뚱한 모습도 아름다울 수 있다는 것을 보여준 영상'

이 연예인이 처음으로 있는 그대로의 모습을 방송에 보여준 태도에 대해서는 당당하다고 말할 수 있겠지만 '뚱뚱한 모습도 아름다울 수 있다는 것을 보여준 영상' 남수는 이 댓글을 보고 조금은 의아했다.

왜 아름다워야 하는가?

뚱뚱한 남성도 아름다울 수 있는 것이 아니라 뚱뚱한 남성이건 마른 남성이건 아름다울 필요는 없다. 어쨌거나 사회는 남성들에게 '아름다움'을 추구했다.

이동혁님의 프로필 사진이 변경 되었습니다.

핑크색의 토끼 스티커, 필터로 인한 하얀 얼굴, 빨간 색의 입술, 핑크색의 볼터치, 얼굴의 반을 차지하는 눈, 손바닥으로 턱을 가린 동혁의 셀카가 올라갔다. 몇 분 지나지 않아 댓글이 몇 개 달렸다.

이형민 니가 젤 예뻐

진용국 존예

정현재 귀여워♡

댓글을 확인한 동혁이는 한 사람씩 답글을 달았다.

이형민 너가 젤 예뻐

- 아니야.. 네가 더 예뿌징

진용국 헐 존예

- ㅎㅎㅎ감사

정현재 귀여워♡

- 현재가 젤 귀여웡!!!!

동혁이는 예쁜 것을 좋아하긴 하지만 프로필 사진을 바꿨을 때 막상 친구들에게 예쁘다는 말을 들을 때 좋지는 않았다. 오글거리고 가식적인 느낌이 들었다.

동혁이는 왜 '예쁘다'라는 말을 들어도 기분이 좋지 않았을까?

얼굴을 보고 욕을 한 것도 아니고 오히려 예쁘다고 칭찬을 했는데 왜 기분이 나쁜지 이해되지 않을 수도 있다. 칭찬도 평가의 한 종류이다. '예쁘다'라는 표현도 일종의 외모 품평이 되는 것이다. 상대방은 외모칭찬을 해 달라 한 적도 없으며 칭찬을 들었을 때 불쾌할 수도 있다. 상대방이 불쾌하다면 그것은 칭찬이 아니다. 외모칭찬이 무조건 칭찬이 되는 것은 아니다.

불편한 용기

동일 범죄, 동일 처벌

남수는 매일 지하철을 타고 동혁이와 등하교를 함께한다.

"야야, 한남수, 나 화장실, 화장실, 개급해."

지하철역에서 동혁이가 급히 남수를 붙잡고 말했다. 화장실로 뛰어갔다. 남수도 뒤따라 갔다.

변기 앞에 섰다.

그리고 물을 내리려던 순간,

남수의 왼쪽에 있는 벽에 있는 몇 개의 구멍과 시선이 마주쳤다. 몇 개는 하얀색 구멍이고 몇 개는 까만 구멍이 있었다. 남수는 휴지를 조금 뽑아 작게 말아서 막혀지지 않은 까만 구멍에 휴지를 넣었다. 반대편 벽도 마찬가지였다.

공중화장실이나 가게의 화장실에 가면 흔히 볼 수 있는 풍경이었다. 남수는 가끔 이렇게 휴지로 막혀 있는 구멍을 보며 약간 울컥했다. 구멍이 있는 것만으로도 화가 나는데 그 구멍에 하얀색 휴지가 돌돌 말아 넣어져 있는 걸 보면 여러 감정이 섞여 들어왔다.

대한민국에서 남성으로 태어났기에 이런 불안에 떨어야 한다는 생각에 억울했다. 지금까지 아무 생각 없이 가던 화장실을 이젠 그냥 갈 수 없었다. 웬만하면 집 밖에 있는 화장실에 잘 안 갔다. 급한 경우 화장실을 갔을 때 모든 벽과 변기 주변을 확인했다. 그리고 구멍 하나라도 있으면 막게 됐다.

대한민국의 불법촬영 시초는 1998년 서울의 한 백화점 남성화장실에서 한 카메라가 나온 사건이다. 카메라를 설치한 여직원 3명은 놀랍게도 모두 '무죄'를 받았다. 왜냐? 그 당시 불법촬영에 관한 법이 없었기 때문이다. 그리고 1년 후인 1999년 불법촬영에 대한 법이 처음으로 생겼다. 하지만 그 기준 또한 모호했다. 성적 욕망이나 수치심이 느껴지는 사진이여야만 법에 걸렸다. 한 여성은 "만화를 그리기 위해 인물 참고가 필요하여 찍었다."라는 이유를 대 무죄를 선고 받았다.

2000년대 초 웹하드 산업이 시작되면서 사람들은 불법촬영을 유통하기 시작했다. 몰카로 돈을 번 것이다. 하지만 이 또한 모두 무죄였다. 그 당시 법으로 '촬영'은 처벌 받았지만 '유통'은 범죄가 아니였기 때문이다. 카메라가 달린 '휴대폰'이 생긴 이후 촬영은 더욱더 쉬워졌다. 그 다음 '스마트폰'이 생겼다. 영상을 공유하고 촬영하는 것이 더욱더 쉬워졌고 굳이 다운로드를 받지 않아도 쉽게 영상을 볼 수 있게 되었다.

기술이 점점 빨라지고 법은 이 속도를 따라오지 못했다. 불법촬영에 관한 법이 증가하고 있지만 범죄는 배로 증가했다. '국산 야동'

은 '몰카'라는 공식이 성립됐다.

불법 촬영 영상을 시청하는 것에 대해서는 범죄 인식이 낮다. '그냥 보고 마는데 무슨 문제냐'라는 반응들이다. 하지만 이를 알기에 대한민국 남성들의 공포심은 더욱 커진다. 불법촬영을 시청하는 사람들도 근본적인 가해자이다.

얼마 전, 홍대 회화과에서 남녀 2명씩 4명의 누드모델을 대상으로 누드 스케치 실기 수업을 했다. 한 남성이 여성 누드모델의 얼굴과 성기를 여성혐오 커뮤니티 게시판에 올려놓고 성희롱을 한 사건이 있었다. 이 '홍대 몰카 사건'은 뉴스에 나올 만큼 꽤 이슈가 되었다. 이 사건의 가해자는 남성이었다. 남성 가해자가 나오니 경찰의 수사는 아주 빨랐다. 불법촬영 가해자를 찾았고, 2차 가해자도 찾고, 가해자를 압수수색하고, 이 사건은 굉장히 빨리 뉴스에서 볼 수 있게 됐다.

다 할 수 있는 거였다. 가해자가 남성이건 여성이건 빠른 수사를 할 수 있는 것이었다. 이런 성별에 따른 편파수사에 분노한 남성들은 광화문 광장에서 '불법촬영 편파수사 규탄시위'를 계획했다.

빨간 티셔츠와 빨간 양말 등 시위의 드레스코드인 빨간색으로 치장한 남수는 집을 나섰다. 3시 30분. 시위 시작 시간이 30분이 남았지만 남수는 마스크와 선글라스를 끼고 광화문역에서 내렸다.

사실 오늘 이 시위에 참가할지 몇 번이고 생각했다. 한 여성 커뮤니티에서 이번 시위에서 염산 테러를 하겠다고 게시물이 올라와 논란이 있었다. 남수는 이런 위협들 때문에 두려웠다. 하지만 광장에 도착하자마자 걱정은 모두 사라졌다. 광화문 광장에는 많은 남성들이 연대하고 있는 것이다. 남수는 이 남성들에게 피켓과 구호문을 받았다.

본격적인 시위가 시작하기 전, 불법촬영으로 인해 세상을 떠난 남성들을 위해 묵념의 시간을 가졌다.

빨간 물결의 침묵이 이어졌다.

그리고 구호를 외쳤다.

무대 앞에 나온 남성이 먼저 외쳤다.

"불편한!"

시위에 참석한 남성들이 외쳤다.

"용기가!"

무대 앞 남성은 더 크게 외쳤다.

"세상을!"

남성들은 더 크게 외쳤다.

"바꾼다!"

그리고 반복해서 말을 이어 나갔다.

"우리는 편파수사를 규탄한다!"

"규탄한다 규탄한다."

"수사원칙 무시하는 사법 불평등 중단하라."

"중단하라 중단하라."

"남성유죄 여성무죄 성차별 수사 중단하라."

"중단하라 중단하라."

구호와 노래가 끝난 후 삭발 퍼포먼스가 시작됐다.

머리카락을 자르면서 첫 번째 참여자의 발언이 시작됐다.

"우리는 태어날 때부터 머리가 긴 장모종이 아닙니다. 머리를 왜 자르냐가 아니라 머리를 불편하게 왜 기르냐가 질문의 기본형이어야 합니다. 꾸밈노동은 여자나 하십시오."

함성이 쏟아져 나오고 첫 번째 참여자의 머리카락이 바닥으로 떨어졌다.

두 번째 참여자의 발언이 시작됐다.

"저는 전문직이지만 여초여서인지 서비스직과 다름없는 과를 다닙니다. 저는 코덕이었고 화장을 하는 예쁜 내 모습이 좋았습니다. 제 친구들도 예쁜 제 모습을 좋아했습니다. 보수적인 어머니 밑에서 꾸밀 자유를 얻었습니다. 집 앞에서 놀 때도 풀 메이크업을 했고, 하루에 달걀 2개, 사과 1개를 먹으며 다이어트를 했습니다. 저는 제 민낯이 부끄러웠습니다. 민낯과 화장한 게 정말 차이가 없어 보이는 친구들도 민낯인 날에는 마스크를 쓰고 등교했기 때문입니다.

하지만 저는 이제 변하고자 합니다. 머리를 자르고 화장을 벗은 제게 단발은 싫지만 화장은 취직하며 늘 할 테니 그마저도 다행이라는 아버지의 말은 저에게서 꾸밀 자유를 빼앗은 게 아니었습니다. 오늘 머리를 자르고 편하게 다니더라도 실습을 나가고 취업을 준비할 때 저는 서비스직이라 먹고 살기 위해서라는 이유로 허상의 내 모습을 꾸며내야 할지도 모릅니다. 그러나 지금 이 순간 저는 저와 형제님들을 위해 제가 할 수 있는 모든 것을 하고 싶습니다. 저를 보고 단발로 자르고 당당히 자연 얼굴로 등교하는 친구들은 그 어느 때보다 편해 보였기 때문입니다. 내가 바뀌면 적어도 나를 둘러싼 세상은 바뀝니다. 저는 서른 살이 지나도, 주름이 짙게 져도, 예쁘지 않아도 죽지 않을 겁니다.

머리카락을 다 자른 세 번째 참여자의 발언이 시작됐다.

"홍대몰카사건이 터졌습니다. 이번에도 대충 넘어가겠지 생각했습니다. 하지만 수사는 신속하게 이루어졌고 금세 수사망을 좁혀 경찰은 불법촬영 유포자를 검거했습니다. 저는 대한민국 경찰들에게 묻고 싶습니다. 왜 그동안 남성 피해자들이 구속수사 해달라, 압수수색 해달라며 애원하고 외쳤던 것들이 여성피해자에게만 적용되는 것입니까?

왜 할 수 있었으면서 못한다고 했습니까?

왜 같은 사람이면서 인간취급을 해주지 않았습니까?

우리는 남자가 아니라 사람입니다. 포르노가 아니란 말입니다. 세상이 불법촬영을, 피해자들을 방관하는 사이 그들은 마지막까지 살려 달라 애원하며 죽어 갔습니다.

세상은 어째서 남성들의 목소리를 들어주지 않는 것입니까?

자른 제 머리카락은 돌아오겠지만 먼 곳으로 떠나버린 피해자들은 돌아올 수 없습니다. 우리 남성들은 더이상 당하고만 살지 않을 것입니다. 이것을 시발점으로 여성들에게 빼앗겼던 우리의 권리를 하나둘씩 되찾아 올 것입니다. 우리들의 저항은 여성들의 일상을 위협하는 창끝이 아닙니다. 하지만 이러한 요구들을 계속해서 묵인한다면 화장실의 구멍들을 향한 여성들의 송곳은 곧 당신들에게 향할 것입니다.

삭발 퍼포먼스가 끝난 후 환호성이 쏟아졌다.

광화문 광장의 빨간 물결은 남수의 앞에도, 뒤에도 끝이 안 보였다.

빨간 물결 속엔 남성들이 준비해 온 피켓들은 남수의 마음을 뭉클하게 만들었다.

우리의 일상은
너의 포르노가 아니다
결국 세상은
우리에 의해
바뀔 것이다

몇 년 전 한줌의 재가 된 내 친구는
어째서 한국 여자들의 모니터 속에
XX대 XX남이라며 아직 살아 있는가

목이 터져라 소리치자
우리의 형제들이
숨죽여 울지 않도록

마지막으로 구호를 외치고 광화문 광장에서 열린 불법촬영 편파 수사 규탄시위는 끝이 났다. 시위는 안전하게 끝났다. 염산을 테러하겠다는 여성도 없었다. 몇몇 기자를 제외한 오직 생물학적 남성들만이 모인 시위였다. 남수는 이 시위에 참여한 사람들을 통해 많은 용기를 얻었다. 남수는 자신의 인생을 길다고는 할 수 없지만 지금까지 한국에서 남성으로 살아가면서 억압받는 일들은 많다고 말할 수 있었다. 남성들은 더 과격해져야 한다. 과격하지 않으면 사회는 말을 들어 주지 않는다. 한 사람이라도 더 목소리를 내고, 앞서야 한다. 모두가 평등해지는 그날까지 남수는 불평등한 사회에 맞서 싸울 것이다.

| epilouge |

마초이스트 작가 한남수

"야 동민 마초라며?"

"어. 어떻게 '한국에서 남성으로 살아남기'를 읽을 수 있지? 그 여혐 소설을?"

"나 그거 보고 빡쳐서 개 사진 다 지움. 앨범도 버릴 거임."

남수는 교실에 들어서자마자 여학생들의 분노를 들을 수 있었다.

동민은 한국의 보이그룹 멤버로, 남자 아이돌들 중에서 손에 꼽히는 외모와 조신한 태도로 '남자친구 하고 싶은 연예인', '사윗감으로 삼고 싶은 연예인' 등 10대부터 50대까지 다양한 여성들의 인기뿐만 아니라 꽤나 많은 남성 팬도 보유한 연예인이다.

동민이 욕을 먹는 이유는 팬미팅에서 자신이 요즘 '한국에서 남성으로 살아남기'를 읽고 있다고 말했고 그 사실이 SNS에 퍼지고 여러 커뮤니티 게시판에서는 동민을 비하하는 글과 동민의 사진이나 포토카드를 찢은 인증샷들이 올라오고 있었다. 인증샷과 함께 올라온 글의 내용은 대충 이러했다.

"동민아, 일단 너무나 실망이 크다. 너의 팬들이 대부분 어떤지 알면서 이러는 건 우리 맥이는 거 맞지?"

"조신남인 줄 알고 빨아줬더니 여혐남이었노?"

"동민 이제 안 사요."

동민을 이렇게까지 욕을 먹게 한 '한국에서 남성으로 살아남기'는 한 마초이즘 커뮤니티 게시판에서 익명의 사용자가 연재하는 인터넷 소설이다. 등장인물들이 남성혐오를 겪는 단편 소설이다. 현재 사회에서 이슈가 되는 남성혐오 사건들을 다뤄 공감을 이끌어 내고 마초이즘에 대해 관심이 없던 남성들도 이 소설을 읽어보고 자신들이 겪는 혐오에 대해서 생각하게 된 계기가 되기도 했다. 첫 연재한 지 일주일 만에 조회수는 만 뷰를 넘었고, SNS에서도 큰 화제가 됐다. 한 인터넷 소설이 남성들 사이에서 요즘 유행이었다. 많은 남성들에게 관심을 얻은 만큼 많은 여성에게도 관심을 끌었다. 물론, 다른 관점으로.

몇몇 여성들은 '한국에서 남성으로 살아남기'를 올린 게시물을 신고했고, 꿋꿋한 익명의 작가님은 몇 번이고 다시 올리셨다. 게시물에는 익명의 작가님을 지지하는 댓글도 많았지만 '악플'도 많았다.

남수는 자신의 반 여자 아이들의 말을 들으면서 역시 한국에서 살기 힘들다고 생각했다.